我們的幸福時光

우리들의 행복한 시간

공지영 孔枝泳——著

邱敏瑤——譯

目次

感動推薦

范立達（TVBS新聞評論員）

這是一本討論死刑的小說。但它一點也不教條。相反地，書中有太多感人肺腑的情節，讓人動容。

所以，身為一個大男人，即使說出這種事，會覺得很汗顏，但還是必須很誠實地說，沒錯，我哭了。在讀到這本《我們的幸福時光》最後四十頁的地方，眼淚就像斷了線的珍珠項鍊般，無法抑止地從臉龐滑落……

那是在沒有心理準備的情形下受到的奇襲，被本書的作者孔枝泳突襲了。

儘管，在此之前，已經讀過她的另一部作品《熔爐》；儘管，拿到書稿之前，已經知道這是一本討論死刑存廢的小說，但怎麼都沒想到，書中從一開頭就一直蘊釀、累積的情感衝擊，到最後會如同排山倒海般地襲來，讓人承受不住。淚水，就這麼不由自主地溢出眼眶。

那不是一種激情，而是一種無奈與心痛。是面對無力回天的現狀，看到人們如同木偶般地被命運擺弄，朝著不願卻又無法拒絕的最終旅程踽踽前進時，那種無力感。

書中也傳達了一個觀念：原諒，才能得到幸福。但要原諒一個人何其困難？特別是面對一個曾對自己犯下嚴重暴行的罪人，在經歷過那種撕肝裂肺的痛苦後，要談原諒，又何其不易。

但終究，人還是得努力學習寬恕。很不容易，但總要試試看。寬恕，才有幸福時光。

彭樹君（知名作家）

不同世界的男人與女人，在意想不到的時空相遇了。她出身上流，看似漫步在雲端，擁有一切；他則從小一路坎坷，在泥地中掙扎行走，一無所有。表面上如此懸殊的兩個人，內在各自都有疼痛的流血的傷口，但一個奧祕的連結讓他們認識了彼此，從此在最孤獨的時候有了陪伴，在最絕望的時候有了盼望，在黑暗的牢籠中有了天堂的光。於是他們相愛，成為救贖彼此的存在。

「寬恕」是這本書的主題。寬恕帶來放下、轉化與昇華，那是一個類似奇蹟的過程，被拯救的其實是自己，讓我們與神在一起，與愛在一起。寬恕讓冰天雪地開出繁花。

當然寬恕並不容易，畢竟誰不是耿耿於懷自己的傷？可是誰又可以說自己是完全無罪地活在這個世界上？當我們指責別人有罪，自己真的無辜嗎？每一樁罪行的背後，往往都是一連串苦痛的累積，需要的不是懲罰而是救贖。

我們都是一出生就被判了死刑，此去只有死路一條，人生好短但愛恨好長，對別人多一些理解多一些寬容，這也是對自己的溫柔與慈悲，因為，沒有人是完美無瑕的，你我也都需要祈求自己的與別人的原諒。

盧蘇偉（世紀領袖文教基金會創辦人）

這本書讓我們看見「愛」的力量，

死刑犯和自殺者，都能經由愛找到希望，

你會因這本書找到你生命的出路。

黃明鎮牧師（更生團契總幹事）

犯罪沒有贏家

本書作者曾因示威遊行被關過，了解受刑人的痛苦。經歷大風大浪的人，大澈大悟後，應該比較願意付出愛，去關心別人，因為生命極為寶貴，誰都應珍惜尊重。作者說得好：「只有接受過愛的人才會愛，只有接受過寬恕的人才會寬恕。」書中所談的有寬恕，有接納，這是社會和諧的力量，是文明人該有的修養。

第一世紀的聖徒保羅說：「與哀哭的人同哀哭，與喜樂的人同喜樂。」能夠將心比心，與人感同身受，就是愛心的真正表顯。

在台灣，我輔導過數百位死刑犯，也關懷過不少被害人及其家屬。進入圍牆裡，聽人犯的心情告白，敘說身世背景、痛苦和無奈，驚奇的是，他們的心境幾乎和被害人心中的煎熬痛楚一樣。犯罪沒有贏家，除了兩造能因寬恕而和解修復關係外，雙方都是受傷者。

多數死囚的原生家庭大多是破碎或功能不彰，從小很少享有親情、友情，居住環境不佳，身邊又缺乏正向的榜樣，菸酒不離身，失學、失業、失婚……。他們想做好，卻做不到。從小處於弱勢，只好放棄自己，或以逞兇鬥狠來發洩心中怨恨不平的怒氣。「立志行善由得我，行出來由不得我。」多少次午夜夢迴，他們也在吶喊：「我真是苦啊！誰能救我！」

如果「不教而殺謂之虐」的古訓成立，今天執行死刑就是暴政。

台灣現有六十一位定讞的死囚，政府目前暫緩執行。他們能活下來，除了少數幾位活得不耐煩，大多數都感謝政府的德政，也會為過去的犯行認罪悔改，並願向受害人致歉及補償，甚至願意捐贈器官，遺愛人間。這與二十五年前，三審定讞後，七天左右執行槍決，死囚無心情受教化、無時間悔罪的情形，有如天壤之別。

這是台灣步入人權大國的時刻，民間與政府若能認同本書作者的理念，放棄死刑，讓類似江國慶案不會重現，開始從家庭和教育方面向下紮根，教導百姓多花點時間陪陪兒女，重視言教身教外，也要磨練孩子的心性，健全他們的體魄。

家庭和社會多付出點愛，有愛的孩子很難變壞，愛也能避免許多的過犯。多一點關心弱勢，又哪來的死刑犯？

作者序
無論是誰，都不可能對他人的痛苦置身事外

記得在一九九七年十二月三十日，當時正值歲末之際，街道昏暗冷清。走在街道上無意中回頭，意外地發現到街燈暗淡，噪音低沉，讓人感覺像整個國家都如同墓地般靜寂。那天晚上，我和厤浦一家出版社的人聚在一起喝點小酒，算是辦尾牙。散席之後，我搭上了一輛計程車。如果是在往年，這樣的聚會大概不會早早結束，但這一年剛好碰上「IMF時代」[1]，誰也沒有心情歡送歲末，因此那天沒喝幾杯就散了。不過，那年我認為自己是個相當幸福的人。因為時隔五年出版的書反應不錯，也去國外盡興旅遊了一趟。雖然不是不擔心國家局勢，但看到自己孩子長大了，也小有積蓄，我的確算是幸福的人。計程車駛進江北江邊大道時，司機開著的收音機裡傳來播音員平淡呆板的聲音，報導那天早上十點，全國看守所處決了二十三名死囚，是幾十年來規模最大的一次。那時我不由自主捂住了嘴，胸口有某種令人作噁想吐的感覺。至今我還是難以形容當時為什麼作噁，只是很確定我內心疑惑著：「我一直相信的幸福真的是幸福嗎？」聽到這種新聞，覺得憤怒和悔恨交織，頓時毛骨悚然。車窗外的江水當時看起

1 一九九七年下半年爆發的金融危機，使南韓進入了所謂的「IMF（國際貨幣基金）救濟金融時代」（也稱之為「IMF託管時代」），韓國人稱之為「韓戰以後最大的國難」。

來竟像黑色長髮披散，綿延得好長好長。我覺得人生所有一切最終都是奇蹟，每天懷抱這信念的我，現在才回想到那天的記憶十分特別。那個特別不同的瞬間至今仍歷歷在目，而且那天的心情在我寫這部小說時一直沒有改變。

開始取材之後，我生平第一次參加了看守所的女子彌撒。恰巧中秋節快到了，在看守所服務幾十年的姊妹們準備了中秋應節食物帶去，可能因為這樣，參加的人比平常還多。神父對第一次訪問看守所的我說：「這裡是封鎖的修道院。」所以我是笑著進去那裡的。彌撒開始前，神父問大家：「有讀過《修道院紀行》、《鳳順姐姐》的人請舉手？」令人意外地，舉手的人相當多。神父問：「那位作家怎麼樣？」有人說好，也有人說不喜歡。我在旁邊靜靜坐著，忍不住偷笑。沒想到神父突然說：「今天那位作家也在這裡，想見見她嗎？」然後請我上台。我最討厭的就是上台講話了，但在那種情況下實在無法拒絕。一時之間不知該說什麼才好，所以我把去那裡的感想講了出來：「以神的眼光來看，或許我更是罪人，只不過，各位在裡面，我在外面……」講到後來，開始有愈來愈大的哭聲傳來，甚至整場彌撒都不斷聽到哭泣聲。我很驚慌，很快講完回到位子上坐好。坐下後，她們每個人的樣子一一映入我眼簾。看起來和我相差十歲上下的人最多，我是中年人，會這樣也是理所當然的。然而，這些女人有當人媽媽的，有當人女兒的，有當人姊妹的，她們丟下孩子與父母，那些孩子該怎麼辦？父母該怎麼辦？同時一些很傻的問題也隨之在心裡響起：「她們究竟犯了什麼罪？不犯不就好了？被關的原因是什麼呢？」心中另一個聲音在問我：「為什麼你沒有那樣子？」我……我想回答，結果弄得我跟她們一樣整場彌撒都在哭。彌撒結束後，我剛站起身，有個女子走過來，一下子握住我的手。

她說：「那個……我剛才說討厭孔枝泳小姐，對不起，其實一直很想見您一面……」我們都用噙著眼淚的眼睛互望彼此，我想回答：「沒關係，現在感覺怎麼樣？」雖是初次見面，但我和她互相握著手站了好一會兒，很奇怪，感覺上好像跟她熟識已久。

之後，我幾乎每天都與和殺人有關的人見面。檢察官、監獄官、死囚、神父、律師、修女、醫師、法學家……回家後閱讀充斥暴力與殺人的紀錄文件。一開始，只要天一黑我就很害怕，根本不敢看那些資料。甚至還會做噩夢，經常從噩夢中驚醒。

白天取材，晚上看資料，我的生活像走在懸崖峭壁上。感覺世界上的每個人都像《哈利波特》裡的催狂魔一樣，會朝我噴出刺骨的寒氣。我從小生長的環境並不差，長大之後也不差，一直和所謂教育程度中上的人交往。但是世界比我想像中來得更加冷酷許多，生與死、罪與罰……因為寒氣，我整個冬天四肢幾乎都是麻木的。

我努力每天去參加彌撒，也努力每天跑步。前者是為了精神，後者是為了身體。為了寫作，身體必須保持在最佳狀態。不為別的，只為了寫作而這麼珍視自己的精神和身體，這是我從沒有過的事。我像第一次寫小說的新手一樣，什麼都小心翼翼。坦白說，我時常感到駕馭這個主題太吃力了，幾度想放棄。我也重新體會到，作家這個職業會伴隨十分刻骨的孤獨。必須獨自選題，獨自寫作，獨自負責。為什麼偏偏選擇了這種題材來寫作呢？我一度很後悔，可是每當想放棄的時候，最先浮現心頭的，就是幾個月來和我一起分享麵包的那些死囚的深邃善良的目光。

和他們見面，照理說應該是會害怕或感到厭惡才對，但我無法那樣。因為看到他們開朗的臉孔，雖然偶爾會有面對未來的不安，雖然有時黑暗像波浪般晃動他們的表情，但他們的臉孔比我在社會上見過的任何一群人還更美麗，那是修道人的面孔。不由得讓我經常想到：「我比他們善良嗎？我的罪會比他們少嗎？」

而且很神奇的是，只要是和死囚見面回來的日子，反而睡得更好。和這世上無罪的人見面時，有時比冬天寒風更刺骨冰冷，但是和死囚見面卻感到心裡很溫暖。和幾個曾經犯過惡行重罪的人在一起，為什麼這麼平和且溫馨呢？因為他說出來的話發人深省，是來自內心痛苦所講出來的近乎真理的話，甚至和任何箴言錄相比也毫不遜色。這真是奇怪的事！會不會是因為真心悔改了，所以他們散發出的氣息足以蓋過世上所有優秀人物的冷靜；或者，會不會是因為韓國監獄管理部門的確很會教化；亦或是，神的恩寵讓他們變成這樣的呢……如果都不是，那就是證明了人類都具有愛與被愛的本質吧。

後來有一天，我語出驚人：

「怪了，去那裡之後……我覺得天堂可能就是像那樣的地方。」

朋友們聽了，都用難以置信的表情看著我。

一開始看不到盡頭的取材工作終於接近尾聲了。那段期間忙到沒空見朋友，也沒能和家人好好吃頓晚飯。書櫃旁滿滿堆著的資料也強忍害怕地看完了，已想好內容了，但是我卻遲遲無法動筆。我不由得捫心自問：「如果就快死了，你打算做什麼？」幾個月來，一直接觸關於死亡、死刑、殺人的事……從一早睜開眼睛，到晚上睡覺前，不，甚至連睡夢中，也滿腦子想著那些事，理所當然會這樣捫心自問了。如果一個月後會死……要是以前，我大概會想：嗯，和孩子們待在家裡做飯，和孩子們去鄉下種花之類的，現在我不會這樣想了。不知為何，我莫名地很想要寫作。雖然用那一個月和孩子們相聚也很重要，雖然用愛的言語去表達我還未說出的愛也很重要，但我深信，寫作留下來的或許是更有意義的大愛。

在寫這部小說期間，我度過了非常幸福的時光。我了解了社會上不該用「不知道」就帶過的那個社會層面。我和真正懺悔且獲得新生的人們、帶著生命傷痕卻試著做出無人能做到的寬恕的人們、想要幫助別人的人們，以及在自己處境中盡力行善的人們……我和他們一起度過了「我們的幸福時光」。儘管離開那裡回到家中時，不得不收拾必須平分給所有人的混亂人生局面，有些悲慘，但沒關係，我會在心中祈禱，希望他們也會說：「因為和我見面，度過了更幸福一點的時光。」

收到最後一次校對稿時，我放到包包裡，帶著去參加了看守所的死囚彌撒。剛好神父在進行濯足儀式，那位罹癌卻奇蹟般痊癒的神父跪在地上，幫死囚一個一個地洗腳，並親吻他們的腳，像兩千年前耶穌最後為弟子們做的那樣。全部洗完之後，神父叫我過去。其實我很驚慌，但我還是和死囚們並肩坐在一起，難為情地把光腳伸了出去。儀式結束後，我第一次和他們擁抱。我那時想起在二十九歲英年早逝，曾忍過我的偽惡的前輩詩人奇亨度的詩句：「活著吧，無論是誰，活著吧！」

在此我要感謝很多人，接受我類似糾纏般的採訪的檢察官，親切的律師，拿出微薄薪水請我喝燒酒的監獄官，教導如何將醫學與社會結合的三星醫院盧景宣博士，將關於死亡的寶貴研究讓我閱讀的首爾大學崔在天教授，幾十年來不求回報地獻身看守所服務的姊妹們……還有，要特別感謝天主教社會矯正司牧委員會的李英宇神父、李潤憲神父、金正修神父、金成恩神父、趙成愛修女、朴三中師父。他們教導我，讓我了解聖職者的道路是什麼，還有宗教應該朝向什麼方向。最後，我想把這本書獻給我深深感謝的死囚兄弟姊妹，如果他們允許，我想這樣稱呼他們。他們在彌撒時和我一起分享麵包，讓我哭了很多次，最終他們使我明白：「無論死囚或作家，無論孩子或法官，只要是人，都有一個共同點，那就是誰都想得到愛，都想得到認可，都想和心愛的人分享愛。除此之外的東西全都不過是帶著憤怒的噪音而已，要認清這樣的事實……」他們很擔憂我的小說或許會在受害人或受害家屬的傷口上撒鹽。我答應他們，今後也要繼續為那些先離開這個世界的人祈禱。不管我們之中的哪一個人，都不可能對那些人的痛苦置身事外。透過他們，我體會了這樣的事實。

在所有人以為是死亡的冬季裡，
窗外的樹木從寒冷黑暗的地底下，
慢慢地伸展出淡綠色，
直到春天，樹木全身就會變得新綠。

前言

偶爾和讀者見面，總會被問到一個問題：「至今您出版的作品之中，最喜愛哪一本呢？」這就好像我最小的孩子纏著要我回答的問題：「媽媽，您覺得我們之中誰最漂亮？」這實在令我難以回答。因為每一次的作品都在我人生獨一無二的某個時期中寫作完成，是專屬於那個時期的經驗、記憶與領悟。

如果硬要我從中抉擇的話，我會選擇《我們的幸福時光》。這可能是因為在那之前有七年時間完全無法寫作的我，有過一段深怕不能重回作家生活的記憶，不可預知的人生像耍弄玩具般地將我玩弄之後扔棄不顧，使我對於生命、對於人，都開始有了極深的戒慎恐懼。可是，在那個地方卻住著比我不幸數千、數萬倍的人。我指的是，只要幾個人聚起來喊「去死！」就立刻可能會被揪著脖子遭勒死的「極惡無道者」。

我第一次看到他們時，唯一能做的事就是哭。不知道為什麼，反正有很長一段時間，每次一看到他們，我就是哭。像個小孩子般，心中一直悲傷吶喊：「為什麼有痛苦？為什麼有罪惡？為什麼這世界會如此？為什麼人們會這樣？為什麼？」我一直哭個不停。後來，過了很久之後，那些死刑犯跟我提起，我才知道，他們甚至還曾經為此打賭，賭我會哭到什麼時候。我大約就這樣流了四、五年的眼淚，這段期間很多事情都改變了。我不知從何時開始變成了主張廢除死刑者，而且擺脫了因出書成功與改拍電影所帶來的名氣的心理負擔，我在那裡和他們成了交心的朋友。但比這更大的變化卻是出現在我內心深處，自從認識他們之後，在那些有哭有笑的日子裡，與他們共吃一鍋飯的同時，我開始深信人性本善。而且無論是誰，人類終極的核心都是善。並非只存在一朝一夕的短暫時間，而是我們每個人長久潛藏內心的本性。

我因而開始與我曾經埋怨多時的神和解，也開始生出了希望。我並非只是消極面對未來與人事物。在遭受莫大的責罰、忍耐，甚至毀滅之後，我開始有了積極的希望。

巧合的是，我拿到初版校對稿的日子是聖週四，而寫這篇文章的今日，也是耶穌明知會死但仍勇敢赴死的聖週四。巧合的還有，昨天我收到了一名死刑犯的書信。上次見面時讓這位死刑犯看到我流淚，這封信應該是他那天晚上寫的吧：「我想您應該是為我而哭的吧，但您為了我的事竟然這麼傷心哭泣，反而讓我覺得欠了很大的人情……回到牢房，我內心累積的所有不滿全都消失不見了。現在夜深了，但白天收受的恩寵使我睡不著，我高興地坐在這裡寫信，瑪麗亞姊妹，謝謝您。」

有朋友一同哭泣的他，是幸福之人
能擁有為他哭泣之心
的我，是幸福之人
我們的幸福時光……
邀請各位讀者能進到這時光之中

父啊，赦免他們，
因為他們所做的，
他們不曉得。

——被處死的三十三歲死囚耶穌

哈林區是上帝對紐約市及在市中心生活賺錢的有錢人的一種控訴。
哈林區的妓院、妓女、吸毒者，以及其他所有一切，
都是在公園大道冠冕堂皇的表面下，隱藏的無數離婚與淫行。
這是上帝對我們社會全盤的評價。

——托馬斯・默頓（Thomas Merton）

藍色筆記 1

現在我要開始說了，有關於殺人的事。而這也是某個家庭的故事，這個家庭日常的生活模式就是大吼、慘叫、鞭打、混亂、詛咒，在這個家，除了毀滅什麼事都無法做。還有，這也是曾堅信自己不應悲慘的某個悲慘者的故事。這就是我自己的故事。那天，兩個女人和一個女孩死了。我曾堅定地認為那個女人死有餘辜，毫無存活的價值。那種女人擁有那麼多錢，等於像是給蟲子穿上絲綢，空有華麗的外表。在這不公不義的世界，我如果拿那些錢去做好事，才是對的。

還有另一個女人，一輩子不曾擁有屬於自己的東西，終生被別人掠奪的一個女人。她快要死了，但是只要有三百萬韓元就能救她。可是在當時，我無法籌到三百萬，眼睜睜看著她一步步走向死亡。如果真有上天，儘管我已經不知有多久沒抬頭仰望天空了，但我認為上天會理解的，我認為這也是正義，是正義啊。

1

下午開始飄起的細雪，如今慢慢轉變為雨絲。天空灰濛濛的，只餘一絲絲淡藍光芒籠罩著街道。充滿濕氣的天色愈晚，愈加模糊了天與地的界線。時間已經過了傍晚五點，我披上外套，走出家門。停車場裡，車輛像一座座的墳墓沉默著，對面國宅的窗子開始有一、兩扇窗亮起黃色燈光，彷彿是可望而不可及的星星般發亮。葉子早已落光的一排行道樹，像是將國宅與我住的這區公寓隔開的鐵欄杆。我正要上車，無意中抬頭望了一眼天空。身形龐大的公寓擋住了灰暗的天空。微弱的天光下，遮住灰濛濛天空的公寓看起來像是堅不可摧的方正城堡，只有細碎冬雨不停地灑落在凍結的街道上。我上了車，打開大燈，從車燈投射出的圓柱形光束之中，看到了細冰屑般飄飛的雨絲。這黑暗的傍晚，只有路燈與商店招牌射出的各式各樣亮光，說不定雨只下在車燈的光束之中吧。那麼，在黑暗之中，使我們淋濕的究竟是什麼東西。

電話中，盧醫師說莫尼卡姑姑暈倒了，又送進了醫院，還說這一次恐怕沒希望了，要我們最好有所準備。這意味著，可能我身邊又有人要離開世間了。我發動車子，想起了另一個說再見的人：戴著黑色鏡框，如褪色般蒼白的臉，因年輕而泛紅的唇，羞澀微笑時，一邊臉頰浮現的淺酒渦……我其實不想記住他。為了忘記他，曾有無數個日子無法入睡。必須借助烈酒才能睡著的那些日子，每個早晨我都是在脖子被勒的幻影中醒來。

我也曾把臉埋在枕頭裡，等待淚水湧出，但過了很長的時間，卻只是從我嘴裡吐出了奇怪的呻吟聲，於是我索性在心中想著，乾脆別忘記他，要記住，要記住，所有一切都要記住。然而，在我這麼想的那天，我卻喝醉了，醉倒在沙發上。

自從他離開之後，每天早上，我睜開眼後浮現的第一個念頭就是：從此這個世界再也不可能是我以前生活的那個世界了。儘管世事還是和以前一樣顯得混沌，但與他相遇後，可以確定的是，我再也無法下定決心離開這個世界。這是他留給我的最後一個禮物，也是給我的刑罰。

就像只有下在車燈光柱中的冬雨一樣，因黑暗而看不到的事物在世上實在是多到不可數。認識他之後，我才意識到這一點。然而，看不到不等於不存在。自從認識他之後，我撥開眼前的黑暗，看清了一直像死神般包圍著我的黑暗真相。如果沒有他，我可能不會看到那些真相。那些我向來以為是極度黑暗的事物，實際上是那麼明亮燦爛，我竟然一直誤以為那是黑暗。那些事物一點也不黑暗，而是太明亮燦爛，令我不敢直視，令我愈來愈遠離，反而誤以為是黑暗。在不自知的情況下，我以為自己知道得很多。認識他之後，我領悟到，只要真正去愛，在愛的同時就已分享到神的恩典。

如今他不在我身邊了，但我依然想要感謝神賜給我的幸運，讓我能夠認識他。

車子開始在飄雨的黑暗街道上奔馳。路上到處可見車潮，為什麼看起來如此匆忙呢？像在趕往某個地方。每個人都應該有自己要去的地方吧，可是他們真的知道自己的目的地在哪裡嗎？想到這裡，我心中湧現出很久以前的那段記憶。那一年，在連霓虹燈也不見蹤影的黑暗街道上，車子極少。在薄霧細雨中奔馳的那些車輛上方，紅綠燈亮起了有如太陽般火紅的信號。原本正在向前急馳的車輛全都一起停住，我也停了下來。

一個人要走多遠的路，才能成為真正的人？
一隻白鴿需要飛越多遠的大海，才能在沙灘上安睡？
要發射多少的砲彈，才不會再使用呢？我的朋友啊，
答案就在風中飄，只有風知道答案。

要經過多久的歲月，高山才會被沖入大海？
在獲得自由之前，人們需要活過多少歲月？
到底要佯裝視而不見多少次呢？我的朋友啊，
答案就在風中飄，只有風知道答案。

一個人要仰望多少次，才會見到真正的天空？
要有多少隻耳朵，才會聽到他人的哭泣？
到底還要有多少死亡，
才能明白已有太多人犧牲了呢？我的朋友啊，
答案就在風中飄，只有風知道答案。

——巴布．迪倫（Bob Dylan）〈答案在風中飄〉

藍色筆記 2

我的家鄉……你問我，我的家鄉在哪裡。對我而言，我有過家鄉嗎？如果出生地就是所謂的家鄉，那是在京畿道的楊平。我等著你問下一個問題。但你什麼也沒問。我繼續答道：「那是個貧窮的村子。我們家越過一座小丘就有一個灌溉貯水池塘，而我家總是冰冰冷冷的。」不過，其他的我就不能告訴你了。你說：「沒關係，不想說的就別說了。」我不是不想說，而是說不出口。我只要一想到那些記憶，就彷彿嘴巴裡擠滿了黑色血塊的感覺。那時候我和弟弟恩秀常常在貯水池塘邊曬太陽取暖和玩耍。有一次恩秀去鄰居家討飯吃，鄰居大嬸說他飯粒亂掉，就打了他，後來，我趁著他們家大人出去工作，拿著扁擔狠揍他們家的小孩，揍到流鼻血，之後就沒人跟我們兄弟倆玩了，所以我們總是孤零零的。偶爾有好心人送來一團冷飯，我們會拿到別人家堆雜物的屋棚下，啃著那團凍成冰的冷飯，免得吵醒喝醉而正在呼呼大睡的爸爸。貯水池塘那裡總是陽光充足，運氣好的時候，會遇上首爾來的垂釣客，可以跟他們要到幾口泡麵吃。若是運氣再更好一些，跑到五里外的商店去幫忙買香菸的話，他們會賞幾個銅板給我們。

我們在等媽媽回來，但事實上我們的媽媽已經離家出走了，這是過了好久之後我才知道的事。我記憶中的媽媽，總是被爸爸打得鼻青臉腫，全身到處瘀傷，但我們盼望媽媽即使會瘀傷也要回來，然後殺了那個在毫無暖氣的房裡醉了就睡、醒來就拿棍子打人的爸爸。我們一直等著媽媽回來拯救我們，而這也是過了好久之後我才明白的事。我人生最早的記憶就是懷著這股殺意。我知道媽媽就在某個遙遠的地方，所以我們繼續等，儘管不確定能等到什麼，但總還是有一絲希望。那時候，我可能才七歲吧。

2

莫尼卡姑姑和我都是家中的異類，也可以稱是異端吧，或者稱私生子搞不好也算對吧。我們的年紀相差近四十歲，但是很多方面和雙胞胎沒兩樣。小時候媽媽常對我說：「你的一舉一動都跟你姑姑太像了！」語氣明顯帶著諷刺。即使是小孩子，也聽得出來一個人在提到某人名字時是喜歡還是討厭。姑姑曾經是媽媽的朋友，為什麼後來她會討厭姑姑呢？究竟我是先討厭媽媽，還是早就下決心讓自己像姑姑的？我這個人脾氣倔強，常常把家裡氣氛搞得很僵。讓我不高興的人，我當然就像要用指甲在他們平靜的臉上抓出指痕一般，對他們惡言相向，然後看著他們目瞪口呆的樣子，一邊可憐他們，一邊笑他們，我才甘心。然而，那種感覺不像是進到敵方領地的占領軍高唱勝戰歌，反而像是只要稍微一碰就會再流血的舊傷口，即使不會很疼痛也隨時會流血的那種傷痛。換句話說，就是發動叛變卻失敗的敗戰兵唱著帶有惱意的勝戰歌，我感覺是像那樣的情緒。我和姑姑當然也有很多不同之處。比起我來，姑姑為家裡的人祈禱更多，而且從未享受過他們所提供的物質待遇。

關於我這個人，憑良心說，是個很糟糕的人，我只為自己而活。我曾想以愛情或友情的名義把什麼人扯進我的生活，但那不是為了家人，而是為了我自己。我只為了我自己而存在，甚至於只為了我自己而去尋死。我是快樂的信徒。我不知道自己已失去自我、已成為七情六欲的奴隸，還一直伸腳去踩踏我們家堅固的家族城垣。飲酒、唱歌、徹夜跳舞，這些點點滴滴的日常作為，事實上已慢慢在侵蝕我自己，而我卻毫無知覺。假使知道了，我可能依然會我行我素吧。因為我希望能毀掉自己，因為我要所有銀河系都以我為中心而繞轉，這樣才會滿意，我就是這種人。醉了，我會肆意亂踢關著的門扉，我不知道我到底是誰，也不知道真正想要的是什麼。雖然我從未實際說出口，但那個時候如果拿個聽診器放到我的心臟上，可能會聽到這樣的聲音：「為何太陽沒有以我為中心而繞轉？為何你們總是在我寂寞時全都不見人影？為何我討厭的人總是一直平步青雲？為何這個世界總在惹惱我，不幫助我獲得幸福！為什麼？」

只有一件事比感覺不到還要更邪惡，
就是你不知道自己什麼都感覺不到。
——查爾斯．佛萊德．艾佛德（Charles Fred Alford）《人為什麼屈服於邪惡》

藍色筆記 3

我上了小學後，弟弟恩秀每天早上都跟著我去學校。但他進不了學校，就蹲在學校圍牆角落等我，一直等到放學。恩秀的個性和我不同，他如果被其他孩子打，不會像我一樣撿根棍子就衝上去。我被人欺負了，就算對方力氣比我大，我也會很衝動地撲向前去，至少咬到手臂才甘心，但是恩秀和我不同。恩秀的個性像媽媽，被鞭打也只知承受，就像承受命運的鞭策一樣，只會哭泣。每次放學後我跑出去看，恩秀有時候凍到嘴唇發紫，一個人蜷縮在牆角下發抖。學校午餐會發一個玉米麵包，其他孩子都在吃的時候，我就算口水直流也挨餓不吃，留著這玉米麵包作為我們兄弟倆一天的糧食。有時候，恩秀流著鼻血坐在地上；有時候則是被其他孩子搶走衣服光著屁股哭個不停。

我真的愛恩秀嗎？這個問題我後來想了很久很久，但仍然不知道答案。我只知道，我希望恩秀能夠幸福快樂。在回家的路上，當我們兩個你一口我一口吃著我挨餓留下來的玉米麵包時，我想那應該是我們兩人一生中最幸福的時光吧。

有一天突然下起大雨。雖然已經是春天，但仍然很冷，明明早晨天氣還好好的，現在天空卻突然烏雲密布，大雨傾盆而下。老師上課說的話我一句也聽不進去，只顧著往窗外看。在學校外面，根本沒有一處地方可以讓恩秀躲雨。他一定像被留在空巢中的幼小鴿子，哭紅著眼睛在淋雨吧，我眼前一直出現恩秀淋雨的身影，等到第一節課下課，我立刻直奔到校門外。

站在那裡淋雨的恩秀一看到我比往常提早出來，像是覺得意外地開心笑了。雨水無情地打在他的臉上，但他卻一副很開懷的樣子。我不禁生氣了起來，因為沒雨傘，我和他都一樣，連我的衣服也開始濕了。

「你快回家。」

「……我不要。」

「你快回家！」

「不要。」

如果喝醉酒的爸爸醒了，不管是看到棍子還是掃帚，就會隨手抓起來揍恩秀，所以讓他回家我也是不放心。但雨勢實在太大，儘管恩秀不願回家，我還是揪著他的領口，硬往回家的方向拖過去。到了通往我們家的路口，我放開他，然後轉身回學校。但他也跟著我走。我又再回頭揪著他的領口，拖到路口。我轉身跑沒多久，回頭一看，他又跟了過來。我跑過去揮起拳頭打他。但恩秀就像是不知何謂反抗、來自順從星球的傻瓜一樣，一邊挨揍，一邊緊緊抓著我的衣角。我瘋狂似的猛揍，揍到鼻血從他鼻孔流下來，和雨水一起沾濕了我的衣服。

「你給我聽好！如果你現在不回家，哥哥也要離家出走了，丟下你不管，我要逃得遠遠的，再也不會回來了！」

原本在哭的恩秀突然停止哭泣，他無力地放開了抓住我衣角的手。要是我離開他，對他而言，這可是比宣告死刑還可怕的事。恩秀用埋怨的眼神看了我一下，隨即轉身往回家的方向走。那是我最後一次看到他的眼神，那也是恩秀最後一次清楚地看見我。

3

從一九九六年的初冬開始說起好了。那年冬天，我躺在醫院的病房裡。我用威士忌吞了超多量的安眠藥試圖自殺，結果被人發現送到了醫院。根據他們的用詞，我是一名「自殺未遂」病患。我睜開眼時，窗外正下著雨。從病房窗戶望出去有一棵法國梧桐，枝頭上所剩無幾的葉子隨風飄落。陰霾的天空，讓人看不出時間大約是幾點。我想起幾天前舅舅對我說的話：「你哭一哭會比較好一些。」舅舅看起來十分蒼老。如果換作其他時候，我會回他一句：「舅舅你一定是諸事煩心哦，才會頭髮快要掉光光，簡直像個老頭兒。」如果我回答他：「既然都活過來了，我可以抽根菸吧？」那我肯定又可以看著舅舅目瞪口呆的表情哈哈大笑。但我什麼話都不願回答，所以舅舅又說：「你媽才動手術，身體不好，你怎麼可以這樣？」舅舅是模範生出身，也難怪他會這麼說。

我問他：「舅舅你真的那麼擔心我媽？你會喜歡我媽那種人嗎？」一聽到我的問話，舅舅笑著說：「我是希望你哭一哭，會比較好一些。」他的表情看起來很悲哀，像是對我充滿憐憫的模樣。我討厭他這樣子。

有人敲我病房的門，但我默不作聲。在一個月前因為癌症開刀的媽媽已經在幾天前來看過我了，那時我還打破點滴瓶引起一陣騷動，之後就一直沒家人來看我。我們家每個人好像都覺得，我比媽媽乳房上的一公分癌腫瘤還更加令人頭痛。媽媽這麼想要繼續活在世上，但這世間我卻已厭煩了。我媽媽，這個我稱之為「媽媽」的人活在世上到底有多少價值，這我從未想過，而她也不曾想過。我那天大聲對她喊：「既然媽媽你不想死，那我死總可以吧？」我之所以會這樣，是因為她一來到我重獲生命的病房，就說：「我真不知道怎麼會生下你啊！」這種囉嗦話在我耳邊已嗡嗡作響了數十年。若不是因為這樣，我也不會把場面鬧得如此僵。同時，一想到自己和媽媽很像，就更加生氣。

我猜想，現在敲門的應該是那個凡事只知唯唯諾諾的三嫂又帶著鮑魚粥之類的東西來了，我趕緊閉上眼睛。

門開了，有人走進病房，但好像不是三嫂。若是三嫂，曾經是演員的她會用獨特的鼻音喊著：「妹妹，你在睡覺嗎？」她上輩子好像欠我們文家什麼債似的，家裡所有的粗活她都很認命去做，每次她都會先去倒病房垃圾桶，然後把她買來的花整齊插放在窗台的花瓶裡，一定會發出一些聲響。但是令人意外地，什麼聲音都沒聽到。其實，門打開來的時候，我就大概知道是莫尼卡姑姑來看我了。有聞到一種味道……該怎麼形容呢？在我很小的時候，只要莫尼卡姑姑來我家，我就會把臉埋在她黑色修女服，深深聞著她身上特有的一股味道。姑姑總是問：「怎麼了？我身上有消毒水味道嗎？」不，不是消毒水的味道……

「姑姑身上有股教堂的味道，好像是蠟燭味。」我似乎是這麼回答的。姑姑從護士學校畢業後，曾在大學醫院裡當護士，有一天突然進了修道院，成為修女。

我假裝自己才剛睡醒的樣子，微微睜開眼睛。莫尼卡姑姑正坐在我床邊的椅子上，靜靜地看著我。在我前往法國留學之前，曾有段時間我穿著短裙站在舞台上，按照我媽的說法，不知羞恥地扭屁股唱歌，那個時候姑姑曾到我演唱後台的化妝室與我短暫會面一次，那是我最後一次看到姑姑，距離現在已經十年了。在黑色頭紗下，她雙鬢已然斑白，雖然還不到彎腰駝背的程度，但處處可見皺紋，姑姑看起來真的是老太太的模樣了。人家常說，修女的年齡難以猜測，但她的衰老已經顯而易見。一瞬之間，我突然想到每個人都必經生老病死的命運。姑姑望著我的眼神充滿著奇特的含意。她那布滿皺紋的小眼睛裡呈現著像是在嘆氣的情緒，也像是我媽一次也不曾給過的那種溫暖母愛。說起來，我對莫尼卡姑姑的印象自始至終不曾改變的，就是她的眼神總是像淘氣孩子看到初生小狗那般充滿好奇，也像是剛生完小孩的母親無限憐愛地看著自己的新生兒。

姑姑不說話，所以我笑著說：「我是不是老了很多呢？」

姑姑答道：「好像還沒老到可以去死的程度……」

「我不是想死，我真的沒打算自殺。我只是喝酒喝太多了睡不著，才會吃下安眠藥的……我醉得太厲害，也沒數幾顆，隨手抓了就放進嘴裡，結果就鬧成了這副局面。上一回，媽媽來看我的時候說過，要死就要死得乾脆一點，不要搞得半死不活，突然間我好像變成了只會搞自殺未遂的不良少女。姑姑，你也知道，在我們家只要是我媽定調的，就很難改變她的想法。煩死了，她打從一開始就認定我是個不良品。三十多年來一直是這樣子……」

我本來什麼話都不打算說的，卻一下子講了這麼多。

大概是因為太久沒看到姑姑了，一看到她，就忍不住像小時候那樣嘰嘰喳喳個不停。姑姑似乎明白我的心情，為我拉了一下被子，握住我的手。被人像孩子般對待所感受到的快樂，大概是只有大人才能體會的一種隱然欣喜吧。姑姑粗糙的小手一碰觸到我的手，立刻傳來溫暖。我已經好久未曾感受過別人手心的溫暖。

「我說的是真的，姑姑，我不想死。我連尋死的意志、勇氣都沒有，我是哪種人，你是知道的。所以請你別對我說，有勇氣死就該有勇氣活下去，以及要我上教堂之類的話……也別為我祈禱。上帝會因為我而頭疼不已的。」

姑姑似乎想要說什麼，但又閉上了嘴巴。看來媽媽對她說了我的事。媽一定是這樣說的：「維貞這孩子啊，訂婚日子都選好了，現在才反悔，真是的！照她大哥說的，對方是他學弟，是司法研修院第一名的畢業生，而且相貌好、學歷好、人品佳，雖然家境不怎麼樣，但她都三十幾歲了，到哪兒再去找這麼好的對象啊。你幫我勸勸維貞吧！她從以前就一直很聽你的話。我現在已經被她搞得很煩，不想再理她了。我常在懷疑，她真的是我親生的嗎？都怪她爸爸寵壞，說什麼女兒只有這麼一個，總是百依百順，才會把她寵成這副德行。她三個哥哥都是一流大學畢業，她卻上了那麼差的學校……我們家個個都很會讀書，偏偏出了這種女兒……」我想媽媽一定對姑姑說了這些。

「這件事和那個人一點關係也沒有，我一開始就沒有想要和他結婚，而他也應該是這種想法吧。和我結婚結不成，他可以再去找別人，找個一樣是有背景有家世的女人。更年輕而且條件更好的，比比皆是啊。媒婆都爭著想要幫他作媒，這是那個人自己說的。」

姑姑不發一語。窗外傳來風聲，接著就聽到窗戶哐噹作響。風很大，窗外的法國梧桐樹葉子被風吹得紛紛飄落。我心想，要是人也和樹木一樣每年都睡個像死了一樣的長覺，該有多好啊！像樹木那樣，一覺醒來，綻放淡綠的新葉與粉紅的花朵，一切重新開始。

「有個女人來找過我，說與那個人同居三年了。為他墮胎，墮掉了兩個孩子……反正是很老套的故事。她賺錢供他讀書，做飯給他吃……然後他去參加司法考試那天，那女人以為就要苦盡甘來，還做了豐盛晚餐，乾杯慶祝。可是沒料到那傢伙很快就變心了，對資深檢察官的妹妹，也就是我，對我動心起念。想必他一定是看上了我名下的財產。我們家的人不是醫師，就是檢察官、博士，這麼顯赫的家世當然很對他的胃口。姑姑，你知道我最討厭的是什麼吧？就是討厭陳腐老套。要是那傢伙沒有用陳腐老套的方式拋棄女友，要是沒有用陳腐老套的意圖來跟我結婚的話，我可能還會睜一隻眼閉一隻眼就算了……我是說真的。我實在受不了那傢伙這麼老套。事情真相就是這樣！姑姑你要相信我的話。這些我從沒告訴過人，就連我媽、哥哥、家裡其他人，他們全都不知道這些事。他們都認為我反覆無常，而我也寧願他們這樣想。如此一來，我才能少跟他們碰面，樂得清淨。」

當時也不知是怎麼一回事，我竟然一下子就對姑姑說出從沒對別人提起的事情真相。我也不知道為何就是不肯告訴家人解除婚約的真正原因。「請問是文維貞小姐嗎？希望能跟您見上一面。」電話那頭的女子聲音輕細，微微帶著顫抖的語氣。見面後和她面對面坐下來，我意外地看到她握著咖啡杯的手非常粗糙，和她清秀的臉蛋彷彿分屬不同的主人，差別太大了。瘦瘦的臉部輪廓與清澈的眼神，看起來很溫柔，但臉色非常蒼白。「他是我的所有一切。」這女子一開口這麼說，我整個心就沉了下去。我心想，怎麼會有人這樣對待一個人？這個女人竟把一個男人當作自己的所有一切，而且對素未謀面的我，她竟能語氣如此堅定說出這樣的話。我隱約產生了嫉妒心，每當我看到有人堅定自己的信念，我總是會嫉妒。她這句話不只是關乎對男人的愛，也是在拿自己的人生當賭注，這是幼稚且愚蠢的，最後甚至可能會落得可笑的結局。我至今一直沒遇到能讓我願意奉獻一切的對象，因此，我才會嫉妒她。這女子看起來很難過，但她沒有在我面前落淚。她似乎心裡還無法接受事實，仍存有愚蠢的一絲希望。她再這樣抱著希望是很愚昧的，比心灰意冷還更狼狽。不過我心想，如果當她覺悟到這一點，她可能會去尋死也說不定。我的意思是，我在她身上看到了悲壯而岌岌可危的兆頭。

當我對姑姑講完最後一句時，心裡開始在想，為什麼我要保密而不告訴家人這些事呢？那個人長得不帥，個子也不高，方下巴，古銅色的臉。這樣的長相，正說明了他不是從小家境康裕的那種人。我對他沒什麼特別的感覺，更不期待有什麼悸動的心。既然自己老大不小了，我不求有愛情，只想著把結婚當作一種交易。「請問您談過很多次戀愛嗎？」當初哥哥介紹我跟他認識的第一天，我問他這個問題時，看他立刻低頭而且露出靦腆微笑時，我還曾感到一股如同征服無人涉足之處女地般的隱約快感，就好像男人喜歡找處女這類似的感覺。當時我還想到，如果自己假裝傾心而跟這個只知讀書、有點小成就的傻瓜結婚，那麼家人就不會再追究我的過去，會把他們經營的家族王國的一張亮晶晶的公民證發給我，我當時心中是這麼盤算的。經過這麼多年在外放浪尋樂、夜夜笙歌，如今酒色遊歡已經不再對我具有吸引力，所以我才會決心定下來。

當時那個人說：「曾有一次，和一個女孩子談過戀愛，才約會一、兩次就結束了，大概是對方覺得我這個人太無趣了。後來因為考試的關係，我沒有把心思放在談情說愛上。因為我認為責任真的很重要，男子漢大丈夫，最重要的是要先具備能夠養活家人的能力。我認為，不管是結婚或戀愛，前提都應該先有安家立業的能力才對。」他說這些話時，一點也不掩飾想要討好我的表情，讓我看了反而覺得他有點可愛。我咯咯笑著問他：「那麼您是說已經三十多歲了，現在和我才要生平第一次約會、接吻、上旅館嗎？您真的很會說謊耶！」他露出訝異的表情，像是一輩子從未看過我這種女人的樣子。但是他的眼神中又透露出對這種直來直往女人的興趣與好感。也就是說，這個和他全然不同個性的女人令他好奇，而且他的眼神中略帶一種憧憬，像是穿舊汗衫（這種時候一定要說汗衫而不是運動排汗衫）、理平頭、黑皮膚的鄉下土包子，遇到穿白色蕾絲襪與黑色蝴蝶結皮鞋、個性開放的首爾小姐時，不由自主就會顯露出的憧憬神情。沒錯，當時我認為他可以當一塊墊腳石，邁出我人生的一步。這墊腳石散發著一股誘惑，我以為它或許可以使我變得不再徬徨。就好像在走過泥濘的前院後，脫下髒鞋，先在墊腳石踩幾下，便能很快踏入屋內乾燥且潔淨的地板……宛如射出了目標明顯的箭矢，穩定而且確實。事實上，當時我就是在憧憬著這些。雖然那個人投向我的微笑太過羞澀了，羞澀到令人感覺有點做作，儘管我有些猜疑，但還是選擇相信他。我一直對自己說：「不，應該就是他了，是最後一次了。」我勉強自己相信這一次可以結婚了。到底我是不是相信呢？其實，對於他的同居經歷，我不認為有什麼大問題，我又不是什麼純潔的處女，沒什麼好高高在上的，我其實沒有吃虧。在法國留學期間，我也和好幾個男人同居，每個都大約一個多月就分手了。所以說，即使他拋棄女友——那個手指粗大得和臉孔很不搭稱的女友，然後跟我這個在法國學完美術回國，靠媽媽促成而開了個人畫展，在家族經營位於首都圈的大學擔當專任教授的人結婚的話，我也不會責備他的。而且我不會覺得奇怪或者特別不道德，因為我周遭有很多人都是這樣結婚的。然而，我就是沒有辦法和那個人結婚。因為我想到第一任男友，雖然自始至終我都無法開口說「我愛死你了，要愛你愛到死」，可是最後卻對他喊著「你走，你走！別再出現在我面前！」那時我站在人來人往的十字路口哭喊。第一任男友背叛我，連和他我都無法結婚了，當然也無法和那個人結婚。

所以，我大概永遠也無法拿到家族王國的公民證了，想到這裡就失望，才一個人喝悶酒。並不是因為那女人的關係。可憐的人、可悲的犧牲者，處處可見。無緣無故怎麼會不幸？如果不委屈，悲從何來？可憐之人必有可恨之處，會可憐，那是因為遭遇了有違正義的事啊！所以說，就算那個女子被那個人拋棄而尋死，也只是她自己的問題。追究起來，我和那個女子都有不正當的意圖，我們的共同點就是想要靠男人而不是靠自己去獲得人生的墊腳石。

「嗯，我知道維貞你不是會為那種事而自殺的人。」

姑姑一邊撫摸我的頭髮，一邊說道。

「姑姑……」

「怎麼了？」

「為什麼現在才來看我？我回國後，打了很多次電話到修道院，都說您不在。」

「嗯……我太忙了，對不起，如果要辯解，我會說是因為你已經三十幾歲了……以為你長大了。」

聽到姑姑說對不起，我心裡難過了一下。她沒有什麼地方對不起我，是我對不起她。都三十幾歲了，還長不大，所以是我不對。然而，我像往常一樣，那些話我說不出口。對不起、謝謝、我愛你，這類的話，不是隨口說而是真正需要說、應該要說的時候，我卻從未說過。

「姑姑您老了好多，雖然本來就不是漂亮的臉孔，但上次見面時您皮膚還很光滑的……可是現在您老好多。」

姑姑笑了一下，說道：

「嗯，歲月催人老，我們擁有的東西沒有一樣是永恆的，人一定會死……不用急，總有一天我們都會……死亡……」

莫尼卡姑姑一面站起來，一面說道。說到最後兩個字「死亡」，她頓了一下，才費力說出口。然後她走過去開了冰箱，拿出一罐果汁來喝。她看起來似乎十分口渴，很快喝完那一小罐果汁，輕喘了一口氣。接著，她眺望窗外，往病床另一頭的窗外望去，可以看到法國梧桐樹的枝葉隨風搖晃。我也跟著姑姑的目光望向窗外。我心想：就吹落吧，快被吹落吧，隨風而去吧……

「姑姑……我不想死的，但是我愈來愈感到無趣、消極、厭倦、煩躁。我覺得，自己再這樣活下去，只是在無趣的世界日復一日混過消極的生活。再這樣過著毫無意義的日子，我會像姑姑您說的：總有一天會死。所以我想把我整個人生丟進垃圾桶，然後對世界大喊：對啊，我是垃圾！我很失敗……總之，我是無可救藥了！」

莫尼卡姑姑一直望著我。她的眼神令人意外地毫無任何情感。其實，這麼平靜的眼神我是很害怕的，令人望而生畏，我會不由自主肅然起敬。

姑姑小心翼翼地問道：

「維貞，你……愛過那個姜檢察官嗎？」

我噗哧笑了出來，說道：

「那個鄉下土包子？」

「你……不是受傷害了嗎？」

我靜默不說話。

「你要不要再考慮一下？」

「……我不能原諒他。可是，姑姑……我想過了，我並不愛他。如果愛，會心痛才對啊，但我不心痛。如果愛，會希望他和我分手之後過得很好，應該要那樣想，不是嗎？可是我完全沒有那種想法。我討厭的不是那個人，而是討厭自己，只看背景就輕易相信那個人的我！十五年來拚死在反抗的我到最後還是想成為和哥哥嫂嫂他們一樣的人，當我察覺到這一點，我感到很厭惡。而最關鍵的，我明明厭惡卻還是繼續下去，這一點我更加厭惡……」

姑姑點了點頭，說道：

「嗯，好了，別再想了。維貞，你聽好，我來這裡之前見了你舅舅，他說你試圖自殺這已經是第三次了……要你住院接受治療一個月。我向他建議由我來帶你一個月的時間。你舅舅先是猶豫，我再三請求之下他答應了。他說原則上是不能這樣的，但出於對我的信任才答應。你打算怎麼辦？你是想在這裡住院一個月接受精神治療呢？還是要跟著去幫我的忙？」

姑姑的語氣鄭重，不像在開玩笑。年過七旬的修女姑姑來到侄女自殺未遂後醒來的病房，不可能是開玩笑。但是，我噗哧笑了一聲。這是我遇到困難時總會使用的脫身之計。不過，聽到姑姑說到我第三次試圖自殺時的嚴肅語氣，我不禁認為自己確實很沒用。我突然想要抽根菸。

「像我這種人可以幫什麼忙？……我只會喝酒、抽菸、罵人、把氣氛搞僵，除此之外，我什麼都不會。」

姑姑說：「你倒是有自知之明啊。」

她繼續說道：

「有個人想見你，他想聽你唱歌。」

「姑姑！呃，不，莫尼卡修女，該不會您是想要我晚上上舞台表演？難道修道院的財政已吃緊到要叫過氣歌手去餐廳駐唱？不至於吧？」

我笑了出來。我知道自己這樣的反應很誇張，但這是我長久以來的習慣，我很會演，所以看起來很自然，對方如果不怎麼機靈，可能就會被我騙過去，以為我在說真話呢！姑姑每次對我的虛張聲勢都假裝不知道，但這次姑姑卻沒有笑。

姑姑慢慢地說：「你之前唱的國歌，有人想聽你唱。」

「什麼意思啊？國歌嗎？」

「是啊，國歌。」

我笑了，感覺應該會很有意思。

若把人像怪物般對待，
那個人就會變成怪物。

——《犯罪心理學》

藍色筆記 4

放學回家後，我看到恩秀在睡覺，而爸爸在恩秀旁邊吃著泡麵。恩秀睡在房間的一角，旁邊隨地可見亂丟的燒酒酒瓶，我走過去那裡，發覺恩秀全身發燙。想要搖醒他卻搖不醒，只聽到他發出呻吟聲。

「爸，恩秀生病了，在發高燒。」

爸爸沒有回答，只是倒了燒酒在不鏽鋼碗裡，喝完之後，用他充血的眼睛一直看我。現在回想起來，我真懷疑，當時他還算是活著嗎？算起來，他那時是三十幾歲。從我人生一開始，就一直都是面帶畏懼看著他，這樣的我卻也因此在那地獄之中學會了對付惡魔的小伎倆。

「爸，我去幫忙買燒酒，您不是沒酒了嗎……我去小商店買回來……」

這禽獸般的男人打了個飽嗝，然後從被汗水和尿液沾濕的褲袋裡掏出了一張五百元紙鈔給我。我很快跑了出去，心裡只想著要去買媽媽以前吃的那種藥，那種裝在小瓶子裡的感冒藥。

雨已經停了，眼前盡是春天的景色，明亮的淡綠色在我跑向藥局時顯得特別耀眼，為何會這樣呢？我至今仍然不明白。在那之後有好幾年的時間，只要春天看到滿山遍野各式各樣的淡綠色時，我心裡總會莫名感到悲哀。遠處在田裡插秧的村民看見我跑來，紛紛抬頭望了我一眼。我用那張五百元買了恩秀的感冒藥之後，又再快跑回家。

爸爸一見到我手裡拿的藥瓶，立刻眼睛睜大。他從我手裡搶走感冒藥，然後開始揍我。泡麵的麵碗被打翻了，他有力的手抓住我，把我往外甩了出去。要不是因為恩秀，我早就逃離這個家了。雖然不知道能逃到哪裡，但我真的很想離家出走。爸爸的拳頭每揍我一下，我眼裡的怒火就更加猛烈燃燒。後來，我被打得失去了知覺。醒來時，鄰居大嬸正在餵我和恩秀吃豆醬湯。她告訴我已經給恩秀吃了一顆鄰村爺爺自製的藥丸。爸爸則是醉倒在地。我聽到鄰居幾個大人在門外低聲細語著，他們似乎很擔心恩秀。

這時恩秀躺在已被打掃乾淨的房裡，蓋著棉被正在睡覺。他臉頰泛紅，從唇間發出了細微的聲音。我不想聽那聲音，因為我也很想喊媽媽。我想問媽媽，為什麼她要拋下我們獨自離開。夜晚過去了，早晨再度來臨，就這樣經過好幾天，大約在第三天的時候，我正要去上學，走到恩秀身邊，發現他退燒了。

他天生的黑色鬈髮被汗水沾濕，黏在他蒼白的額頭上。過了一會兒，他睜開眼睛，說道：

「哥，家裡怎麼都是煙……家裡到處都是煙。」

從那時起，恩秀的眼睛只能看到微弱的光，其他什麼都看不到。弟弟的眼睛瞎了。

4

遠遠地就看到莫尼卡姑姑了。她看起來似乎在生氣。也難怪她會生氣，因為我遲到了將近半小時。我把車子停在果川市政府綜合大樓的地鐵站出口，姑姑隨即提著手上的一大包東西，走過來坐我的車。可能因為天冷，姑姑的黑色頭紗散發著一股寒氣，簡直像打開冰箱時站在冰箱前的感覺，令我不禁打了個冷顫。姑姑的嘴唇被凍得發紫，我趕緊說道：

「因為在找衣服……我不知道該穿什麼樣的衣服才好，要是早一點知道會去看守所，我至少會準備一套修女服之類的。我是因為在傷腦筋要穿什麼衣服，才會遲到的。不過話說回來，姑姑，您應該要買個手機才對……最近這幾年，不管是和尚還是神父，全都人手一機……還有車子，姑姑您也買輛車子吧。」

我對姑姑解釋為什麼我會遲到，但姑姑什麼話也不說，於是我接著說道：

「我就說嘛，要去修道院接您，可是姑姑您偏偏不要。」

每當我感覺自己做錯了什麼事，總想盡量推卸責任。

「那些人等了我整整一個星期，他們一個星期都沒辦法見到外面的人。卻因為你，他們寶貴的三十分鐘被浪費掉了。對你來說……」

姑姑像是氣到說不出話來，停頓了一下。她嚥了一口口水，才慢慢再開口說道：

「對你來說可以毫不在意扔到垃圾桶的三十分鐘，對他們來說，卻可能是在世上的最後三十分鐘。他們的今天，是可能見不到明天的今天，他們是過這種今天的人！……你知不知道啊？」

姑姑聲音低沉，但是語氣嚴肅到有些哽咽。「對你來說可以毫不在意扔到垃圾桶的三十分鐘」這句話令我聽了有些難過。雖然我再怎麼嚷嚷說要肆意糟蹋我自己的一生，但是當別人這樣說我時，我心裡很不是滋味。不過，我遲到了，這是事實，看來還是先忍一忍好了，畢竟今天是我跟著姑姑的第一天。唉，這顯然不是令人心情愉快的第一天。「垃圾桶」是我之前使用的一個比喻，現在姑姑模仿了我的口氣，她第一次對我這麼嚴厲。我決定在心裡把這當作是「姑姑年紀大了，所以才如此容易動怒。」

身為修女的姑姑到監獄去教化犯人，這件事我是在去法國之前，在報紙上看到有關她的報導。還記得那天是因為媽一大清早就喊頭痛，當醫生的小哥一接到媽的電話，馬上回家裡來看媽媽。小哥帶來一份報紙，說他看到報上寫著關於姑姑的報導。那份報紙算是較前衛的報紙，要不是小哥，恐怕我們家也不會知道姑姑已經出名到上報的程度了。媽每天起床之後總會對傭人大呼小叫，好像每天早上例行的打招呼問候似的，那天也不例外，她照例對傭人惡言惡語之後，走過來坐在餐桌前。一聽到小哥說姑姑在教化死刑犯，媽立刻回說：「她真了不起啊，既然當了修道人，這點犧牲是應該的嘛……了不起啊。幫我到你們醫院的神經外科掛號一下吧，該去檢查檢查了。不知道頭部出了什麼問題，我老是在頭痛，痛到我都快瘋了。昨晚也是，根本一整夜都沒睡。之前你給的藥沒什麼效果，而且只要吃那藥，化妝就會浮粉……對身體不好的藥吃幾顆就這樣，還常常失眠，看來我真的老了。皮膚糟糕透了……」一個性寡言的小哥不發一語地聽著。我則是坐在滔滔不絕說著健康問題的媽媽旁邊，埋頭吃著夾火腿和蔬菜的有機黑麥三明治。小哥和我四目相視了一下，然後他對媽說：「媽，別擔心，已經檢查了好幾次，不是都說沒有問題嗎？」小哥很有耐性地安慰媽。我插嘴說道：「媽，小哥說得對，現代醫學哪敢毒害媽您纖細敏感的神經構造啊。所以說，有教養的您應該要繼續忍一忍才對。」印象中，那天我們的早餐時光也是在媽大聲喊叫中落幕的，媽對我說：「別再去賣唱了，你找個國家去留學吧。」我隨即爽快地答應。之所以會答應，一方面是因為持續一年多的歌手生活已經不再像剛開始那樣有趣，另一方面則是因為我期待離家可以讓我過一過安靜的早晨。對於媽媽高八度的嗓音，我已厭倦再跟著大喊大叫了。

我對姑姑說：

「對不起，是我不對，對不起……」

與其和姑姑對峙下去，我覺得乖乖認錯應該會比較好一些。不知為什麼，我很怕會把姑姑弄哭。

「可是姑姑，您不是真的要帶我去見死刑犯……那些人……吧？不是要當場在那裡唱國歌吧？」

莫尼卡姑姑答道：

「就是去見那些人……如果能唱國歌你就唱吧，有不能唱的理由嗎？與其把聲音丟進垃圾桶，倒不如用在好的方面。前面那個三叉路要左轉。」

姑姑又說了「垃圾桶」這幾個字。我那天在醫院病房裡有些意氣用事說出的話，姑姑竟拿來氣我，真過分，惹得我心裡頭很不高興。我照她說的往左轉，一左轉，便看到寫著首爾看守所的路牌。

要是繼續待在令人厭煩的醫院，就得和舅舅手下年輕的精神科醫生面對面坐著，回答一些奇怪的問題，譬如說：「為什麼要這麼情緒激動呢？為何那種情況下就會情緒激動呢？小時候是否也曾有過類似的想法呢？」比起回答這些問題，去唱國歌會比較好嗎？不知道，我總是不知道何者較好。我在心裡安慰自己「別想太多」，至少看守所不像醫院那樣陳腐老套，對我而言比較有新鮮感。

我停好車子，然後我們在門口押了身分證，走進鐵門。過了一道鐵門，身後隨即傳來關門聲。鐵和鐵相互碰擊的聲音迴響在冰冷昏暗且空盪盪的走道上，瞬間令我有了一股奇妙的感覺。

後來有很久一段時間我都感覺到，那個地方的溫度總是比外面還低大約三度左右。冬天不用說，當然是如此。可是連夏天酷暑日子，竟也不例外。正如傳言所說的，那裡是黑暗棲息之處。

我們再走進另一道門，身後隨即傳來關門聲。窗外可見一個大大的院子，空盪盪的，只見院子角落有幾名穿著藍色囚服的人在推著手推車。遠遠地，有座白色石膏塑的聖母像，下方有棵聖誕樹裝飾著顏色俗氣的聖誕燈泡，燈泡被冬天陽光照耀得閃閃發亮。我這時才意識到，聖誕節又快來臨了。心裡突然想起巴黎的基督降臨節，香榭麗舍大道裝飾點點的聖誕燈光，街道上有少女沿街賣花，也想到酒店裡香醇的紅葡萄酒、入口即化而令人難以忘懷的香嫩鵝肝醬料理，以及高分貝噪音、以嘔吐作結的酒宴……

我們拐了好幾個彎之後，被帶到一個小房間。在大約兩坪大的房間裡，牆上掛著十字架，旁邊有一幅林布蘭的名畫〈浪子回頭〉。一張小桌子、六張椅子，整個房間擺設非常簡單。姑姑將她帶來的一大包東西放在桌上，從裡頭拿出電子咖啡壺，然後打開了咖啡壺的開關。過了一會兒，傳來敲門的聲音，透過鐵門上的小玻璃窗，我瞄到了淡綠色的囚服。

「快進來……快進來。你就是允秀啊。」

莫尼卡姑姑走近監獄官帶進來的人，伸出雙臂擁抱他。

死刑犯……他是死刑犯，因為在他左胸有一塊紅色名牌。不對，不能稱為名牌，因為上面沒有名字，只有「首爾三九八七」幾個黑字。他似乎很不喜歡姑姑那樣擁抱他。身高大約一百七十五公分，臉色蒼白，黑色的自然鬈髮，戴了一副塑膠框眼鏡，眼睛細長帶有銳利眼神。他寬闊白皙的額頭上披散著的自然鬈髮比一般人還更黑而柔軟，使他整個人看起來比較不那麼尖銳冷漠。但是臉上卻明顯籠罩著黑影，讓我意外聯想到與我在同所大學授課的那些年輕教授的臉孔。當他們說「他媽的，財團就可以這樣做嗎？」或者當他們在教授會議中聽到理事長不著邊際的發言，例如「學校的本年度目標乃是要成為學習型的大學，要培養人才，我們財團就是為此目的而設立本校的……」這些任誰聽了都會想笑的話，那些年輕教授的表情就和眼前這名死刑犯的表情很像。我突然有種錯覺閃過，覺得那人胸前的紅色名牌是表示他違反的是國家安全法。或許是因為他第一眼給人的印象是很理智的，才會引發我那樣的想像吧。他也讓我聯想到巴黎年輕人常穿的T恤上面印的切．格瓦拉的頭像，有著凶悍的表情。該怎麼形容呢？就好像是已經不將死亡看在眼裡的那種人，像是從小在荒野歷經生死的人特有的一股獸性。這樣形容他比較適合些，說坦白一點就是，我覺得他與我想像中的死刑犯長得不太一樣。這打破了原本的刻板印象，嗯，我就是喜歡這種不拘成規的新鮮感。

我開始對他產生了一點好奇心。

「來，坐下，坐啊……我是莫尼卡修女，之前寫過幾封信給你。」

他坐下的動作不太靈活。我這才發現他雙手銬著手銬，腰上繫著一條粗皮帶，皮帶上有個鐵環和手銬相連，後來我才知道那東西叫做皮帶銬。為什麼會戴這麼不方便的東西呢？我心裡驚了一下。

姑姑小心翼翼地問道：

「李主任，那個……我買了一些麵包……要請他吃，所以……請問可不可以把手銬解開一下子？」

這位叫李主任的監獄官似乎很為難，只是笑了笑。他臉上的表情隱約像在說自己是個奉公守法的男人。姑姑不再堅持，她從那一大包東西裡拿出了麵包。可頌麵包、克林姆麵包、紅豆麵包……姑姑將咖啡壺煮開的沸水倒入杯裡，泡了咖啡之後，端到他面前。然後姑姑把一個麵包放在他戴著手銬的手上。他默默地一直盯著手上的那個麵包，表情像在懷疑那東西是否真的能吃；另一方面，也像是看著長久以來一直懷念的食物而引發傷感的那種表情。他似乎下定決心了，這才艱難地把麵包推往嘴邊。由於戴著皮帶銬，必須彎腰才可以把麵包放進嘴裡，所以他整個身體弓得像一隻蝸牛。他咬了一大口，用力咀嚼著。目光則是一直呆視著桌面。

「別急，慢慢吃……才不會噎到，喝點咖啡……以後有什麼想吃的就告訴我。把我當成媽媽。唉，我沒有孩子，來這裡探訪已經三十年了……你們就像我的孩子一樣。」

原本在咀嚼麵包的他一聽到姑姑說「沒有孩子」，生硬地擠出了一絲微笑。或許只有我注意到吧，那絲微笑裡隱約還帶著些微的嘲笑。就好像我喜歡用咯咯笑來舒緩矛盾一樣，他則用嘲笑作為武器。說不定只純粹是我個人的感覺吧，我看到他的第一眼，不知為什麼，就覺得他和我是同一類人。我的直覺一直是很靈的，但因為他不是一般人，而是死刑犯，所以這直覺讓我感覺怪怪的。今天早上我起床起得晚，沒吃早餐就來了，現在看到麵包不禁餓了起來，然而看他像個松鼠般雙手捧著、蜷曲身體吃東西的模樣，我變得沒胃口了，同時還生出同情之心。我腦子裡閃過一個念頭：「到底他的人生是怎麼淪落到這個地方來的呢？」莫尼卡姑姑也各拿了一個麵包給李主任和我，然後她自己喝著咖啡。

「你過得怎麼樣？現在稍微習慣了嗎？」

原本在狼吞虎嚥嚼著麵包的他突然停止了咀嚼的動作。冬日陽光斜照進來的小房間裡，一陣緊張的沉默瀰漫在四人之間。他把嚼到一半的麵包繼續慢慢咀嚼，說道：

「您寫給我的信我都看了……今天本來不想來這裡的……但是覺得應該來跟您說一聲。李主任說修女您不管是下雨還是下雪，三十多年來都是搭地鐵再搭公車才到這裡的……要不是因為這樣，我也不會來……所以才來的。」

他抬起頭。乍看之下，表情很平靜。但稍微仔細一看，那份平靜其實像面具般顯得很僵硬。姑姑說道：

「嗯……」

「……請您別再來了。寫信我也不會再收了。我沒有資格讓您這麼做，讓我就這樣……死掉……別管我。」

他咬牙說出了「死掉」這兩個字。他緊閉雙唇，下巴抽搐著，嘴裡則像在磨牙。他的反應出乎我意料之外。他尖銳的眼神閃爍著藍色的光芒，使我瞬間有些擔心他會不會突然跳起來勒住我的脖子，然後演出挾持人質的戲碼。這時我想起好像在報紙上看過他的名字。他殺人之後逃亡，跑到民宅挾持了一對母子，引起一場騷亂……我隱約記得這些。我望了望監獄官和姑姑。又看到他戴的手銬看起來很牢固，這才有些安心。

「允秀啊……我都已經七十歲了，可以這麼叫你吧？」

莫尼卡姑姑絲毫不驚慌，鎮靜地開口說道：

「哪一個人不是罪人呢？將每件事追究起來，誰可以說自己有資格呢？我只是希望和你相處一點時間，偶爾見個面，吃點麵包，談一談你今天發生的事……我想做的只是這些。」

「我……」

他打斷了姑姑的話，像是深思熟慮過後才說出來的那種語氣：

「我沒有活下來的希望，也沒有活下來的意志。如果您有心力，請把心力花在其他可憐人的身上吧。我殺了人，該受罰處死……我來就是為了要說這些話。」

他像是任務完成而毋需再久留此地似的，起身站了起來。監獄官則是不感訝異的神情，也跟著站起來。允秀在吃麵包時像獸類吃著地上食物，必須蜷縮身體，但現在這番話，似乎發出「我也是人啊」的強烈吶喊。

看來死刑犯也是有自尊心的，我在心裡第一次有這笨想法。

「等一等，允秀，你等一下！」

姑姑急忙叫住他，他轉身看姑姑。姑姑看他時，眼裡噙著眼淚。他似乎也看到了姑姑的眼淚。此時他的臉孔抽動了一下，不是厭煩，像是崩潰，好像生硬的面具被撕開一角的那種表情。然而那股崩潰神情很快就消失了，又再閃現出類似嘲笑的神色。姑姑從她帶來的那包東西裡掏出了某樣東西，說：

「聖誕節快到了，我帶來了一個禮物。天氣很冷，我買了衛生衣……你好不容易出來見我，怎麼能就這麼讓你走呢……再坐一會兒吧，別這麼快走，好嗎？我這麼老了，站久腿會疼，我們還是坐下吧。」

他看著姑姑遞給他的那樣東西，下巴的肌肉抽動著，像是感到厭煩地緊蹙眉頭。大概是想說「什麼聖誕節禮物？何必多此一舉？」的表情。但他隨後露出的表情像是看在對方是老太太的份上，又再度坐了下來。

「我送你聖誕節禮物，不是想讓你感覺虧欠我，也不是要你信天主教，和宗教沒有關係……信什麼教都可以，不信也可以。活在世間的每一天，只要活得像人……這才重要。我想你不是會討厭自己的人，但如果你是，那麼耶穌會為了你而來。祂會令你愛自己，告訴你你是多麼寶貴的人，或許有一天你會從某人身上感覺到溫暖，或者你因此感覺自己被愛，那麼就把這個人當作是上帝派來的天使……今天雖然是第一次見面，但我知道，你是個心地善良的人。不論你犯了什麼罪，那並非全部都是你的錯！」

姑姑說到最後一句時，他突然笑了出來，那是嘲笑。因為殺了人，如今必須因罪過而隨時上絞刑台受死的人，怎麼可能是寶貴的人？他大概是在嘲笑這一點吧。但是我也看見他臉上湧現一股不安，那是內心情感激烈動盪的人特有的一種不安感。奇怪的是，我能理解他這種心情。每當我和家人大吵大鬧之後，常會接到姑姑打來的電話，姑姑也是像現在對他的那種語氣對待我，然後我就會突然很火大。那是一種試圖輸入到我情感中的異類情感，我的身體自然而然地產生排斥反應。不管是生活上或情感上，只存在一種情感時我們會感到舒適。不論對錯，可惡的人愛作惡，叛逆者愛唱反調，這樣這些人才能處於平常舒適的狀態。

「請別對我這樣，您這樣我會無法死得很平靜……好，如果我繼續和修女您會面，也去參加天主教彌撒，監獄官的話我什麼都乖乖聽從……然後唱聖歌，跪下來祈禱，變得像天使一樣，這樣修女您就能救我了嗎？」

他像野獸般張牙裂嘴地說完這出人意料的一番話。說到最後一句時，莫尼卡姑姑的臉上頓時血色盡失。

「所以說，拜託請您別再來找我了。」

「你說得對，我不能救你……我想救，但是卻沒那樣的力量。可是，不會因為救不了就沒必要再見面，不是嗎？在這個世間，我們每個人都算是死刑犯，誰也不知道自己何時會死……不知何時會死的我，和不知何時會死的你見見面，有何不可呢？為什麼不見面呢？」

莫尼卡姑姑也是語出驚人，而允秀好像一時不知如何回答似的看著莫尼卡姑姑。姑姑又再追問：

「為什麼呢？」

允秀回答：

「……任何希望我都不想要……那會是地獄。」

莫尼卡姑姑沉默不語。允秀繼續說：

「如果稍微有進展，我或許會發瘋。」

姑姑原想開口說話，但隨即先沉默了一會兒，然後才用冷靜的語氣問道：

「允秀啊，現在最困擾你的是什麼？最讓你害怕的是什麼？」

他抬頭望著姑姑，用充滿敵意的眼神凝視了好一陣子。

「……是早晨。」

他低聲說道。像是面對咄咄逼人的檢察官拿出最終決定性的物證時不得不伏首認罪的模樣。他似乎不想再聽下去了，突然站起來，向莫尼卡修女鞠了一個躬，便往外走出去。

像石膏像般愣住的姑姑隨即跟著站了起來。

「等一等……對不起，別生氣。如果見面會讓你難受，那不見也沒關係，就這麼走了也沒關係，沒關係的。可是這些帶回去吃吧……這些麵包不是什麼貴重的東西，但畢竟是我這個老太太專程為你買來的，味道還不錯。也許違反規定，但是李主任，拜託你睜一隻眼閉一隻眼，讓他在衣服裡藏兩個帶回去吧。」

姑姑一面拿起幾個麵包遞給允秀，一面說道。雖然李主任的臉上閃現了為難的表情，但姑姑的堅持似乎蠻管用的，就好像天父的旨意從天上行使到了地上，著實發揮了威力。

「一個人……被關在獨居房……年紀輕輕的，該有多餓啊……正是需要多吃東西的年齡……李主任，拜託你了！」

現在情況有些可笑，到底誰是罪人而誰是教化者呢？還有，誰該哀求而誰該拒絕呢？似乎已變得難以分辨。這時候，我看到他將目光投向姑姑，眼神之中好像閃動著無法理解對方真正用意的一股不安感。

姑姑走近他，把麵包塞到他的衣服裡。

他露出有些不知所措的表情，像是想要盡量離姑姑遠一點似的，脖子整個往後仰。

「沒關係……今天能見到你真的很高興。允秀，見到你，我很高興。謝謝你出來見我！」

姑姑摸了摸他的肩膀，他臉上露出像在被拷問似的痛苦表情，接著便很快轉身。他轉身離開時，我才發現到他走路一拐一拐的，像是有一條腿行動不便。姑姑站在門口一直目送著他，直到他的身影消失在長長的走廊盡頭。那一刻，姑姑像站在海邊峭壁上的山羊，顯得十分孤獨。她舉起一隻手按著額頭，彷彿疲勞突然湧現的神情。

「沒關係，第一次都是這樣……他說自己沒有資格……代表那是希望的開始，是好的開始……」

姑姑喃喃地說著，像在對我說，也像是自言自語。個子原本就不高的她看上去好像隨時就要消失的樣子。她現在似乎得靠這樣才能壯大自己的信心。我不經意地瞄到了牆上那幅林布蘭的畫，畫中的兒子在年輕時向父親要求分家產，行徑非常放浪，等到揮霍完了那筆財產，甚至淪落到去吃豬飼料，他不得不回到父親身旁。他知道自己沒有資格當兒子，對父親說出「父親，我得罪了上天，又得罪了您」這一番真心話。這幅畫取材於聖經故事，真實呈現了寬恕兒子的偉大父愛以及跪在父親面前的兒子懺悔之意。在林布蘭的這幅畫中，父親的雙手各不相同，一隻是男性的，一隻是女性的，我想起在美術課學過的，這是代表上帝同時具有男女雙性。而在房間掛這樣一幅畫的用意，不言而喻。

「鄭允秀……最近還常惹禍嗎？」

李主任回來後姑姑問道。監獄官回答：

「很令人頭痛。上個月放風時，說什麼要殺黑道老大，就拿起操場旁邊生火的煤炭暖爐的蓋子，和人打了一架，結果被罰半個月的關禁閉，昨天才剛出來。如果不是我們早一步發現，他恐怕又得上法庭了。不過話說回來，再上法庭能怎麼樣？死刑再加上去也是死刑……他連在禁閉室也鬧得……唉，跟您說這些做什麼呢。不過，這些死刑犯的確令人很頭疼……他們在這裡多殺一個人，再怎麼判也還是死刑，所以其他犯人都得看他們臉色，沒人敢惹死刑犯，而他們也一副自以為老大的樣子。去年八月最後一次執行死刑之後，到現在都沒有再執行，他們可能認為要執行的時候到了，現在年底了鬧得更是不可開交。年底都會執行死刑的……執行一次之後，能安靜個幾個月……他們之中，就屬允秀那傢伙鬧得最凶了。」

莫尼卡姑姑先是沉默不語，然後開口說：

「但是那孩子今天不是出來見我了嗎？我寫信給他，雖然很少回信，但還是有回過啊。」

姑姑像個搜查官連一點小線索也不放過，一副逼問的語氣。這時監獄官的表情閃過了一絲嘲諷。

「是啊，其實我也有些意外。上個月牧師給他的聖經，他還一頁頁撕下來當作廁紙，就這樣，前前後後大概毀了三本之多。」

我咯咯笑了出來。要不是姑姑瞄了我一眼，我可能還會繼續笑下去。這下我只好改以稍微嚴肅的表情緊閉嘴巴。我心裡有些幸災樂禍，或許是因為剛剛在路上姑姑一直對我用「垃圾、垃圾」這樣的字眼，這下子算是允秀幫我報了一箭之仇。他將姑姑最為珍視的聖經撕了，還糟蹋得比垃圾還不如。不過，考慮到他們兩人的表情非常嚴肅，我當場不能將心裡的幸災樂禍表現出來。

「今天早上我去問他：『等一下修女要來，你打算怎麼辦？』他先是想了一下，然後問修女您多大年紀。我說七十幾歲……後來他猶豫了一下，也不知為什麼，就答應出來見您了。」

姑姑的臉上露出欣喜的表情，說道：

「是嗎？看來年紀大也有好處啊，對了，有人來看他嗎？」

李主任答道：

「沒有。聽說他是孤兒，不過又聽說他母親似乎還活著，不知道在什麼地方……沒有人來看過他。」

莫尼卡姑姑從口袋裡掏出了一個信封，說道：

「這點錢是給允秀的保管金。李主任，請別對那孩子有偏見，監獄官的工作不就是教化嗎……不是讓他趕快死吧？其實不管是你還是我，世間有誰不是罪人呢？」

李主任只是接過那信封，沒有再說什麼話。在回程的路上，我說要送姑姑回修道院，但她一口拒絕了。天氣這麼冷，真搞不懂她到底為什麼非要去換搭公車和地鐵，可能是因為脾氣固執吧，姑姑和我都愛耍固執。

「姑姑，那個人到底犯了什麼罪？」

在十字路口等紅綠燈的時候，兩人沒話說，所以我隨口問道。姑姑像是沉浸在思索之中，沒有回話。我又再問：

「剛剛他手上像手銬的那樣東西，是因為出來見我們才戴的嗎？」

姑姑答道：

「不是，整天都戴著。」

我心裡揪了一下，就好像剛才看到他蜷縮身子吃麵包時的心情。在電影《春香傳》裡看過，春香戴著枷鎖坐在地上，看起來很淒慘很悲哀，同時也顯得很有威嚴。但那是為了日後與李夢龍重逢的戲劇性大逆轉所舖陳的情節，愈悲慘愈有戲劇效果。在現今二十一世紀竟還有那種東西，確實讓我感到有些震驚。我問道：

「那麼……睡覺也戴嗎？」

「也戴……所以他們的願望都是企盼能夠攤開手臂睡覺。有人就因為睡覺睡到一半，不小心翻身，硬是把手骨弄斷了。死刑判決後，長的話大概兩、三年後才執行死刑，都得這樣戴著。」

「吃飯要怎麼吃啊？」

「沒辦法用筷子，所以整碗端起來吃。如果有人住同房，別的受刑人會幫忙拌一下，再用湯匙吃……剛才聽說那孩子在禁閉室關了半個月，被關在禁閉室的話，連個人影也見不到，而且手銬在背後，必須嘴巴湊近飯碗才吃得到。他們說這叫吃狗食……在那裡面待半個月出來，一般人都會快要瘋掉……有的連廁所也沒有，大小便就解決在褲子裡了。整整半個月……」

我不由得嘆了口氣。我想問「一定非得要那樣嗎」，但還是忍住不問。不知道也就罷了，知道又親眼看到，那可就大不相同了。我有種不祥預感，如果知道太多，一定像是一腳踏進我不想投宿的那種村子的感覺。所以我問了其他的問題：

「所以，他殺了人，不是嗎？那是他剛才親口說的……他殺死了誰？為什麼要殺人？」

「我不知道。」

姑姑回答得太簡單而且堅決，我甚至懷疑是不是自己聽錯了。

「是怎麼殺的？殺死了幾個人？……那個人一定有上報，對不對？」

「我已經說了，不知道！」

這語氣實在太過堅決，所以我轉頭看了一眼姑姑。姑姑似乎覺得我問得很奇怪地看著我。

「怎麼可能不知道呢？剛才我看到，姑姑是那個首爾看守所的宗教委員……給那個人寫信的時候，你得先了解一下的，不是嗎？」

「我今天第一次見到那孩子。維貞，他和我今天是第一次見面，這就是全部了。人和人見面的時候，如果是你第一次和誰見面，你會去問對方之前做了什麼壞事嗎？你應該不會問吧。

如果他願意親口說，就聽他說，總之，我今天是第一次見到他，今天的他就是我對那孩子所知道的全部。」

姑姑用堅決的語氣答道。好像又有什麼東西砰地打在我的胸口。我現在特別感覺到，姑姑真的是個修道者。

「綠燈了，你在前面三叉路的地鐵站前停車，晚上我會打電話給你。」

姑姑說完，在地鐵站前下了車。

王啊，請勿為此哭泣！
儘管生命短暫，但無論是這些人或其他人，
都曾有過不要性命而寧願死的念頭。

——希羅多德（Herodotus）《歷史》

藍色筆記 5

不幸，如同暴風雨般不斷襲來。有一天，我放學回來，看到恩秀在屋外哭泣，臉色蒼白得像張白紙。我問他怎麼了，他卻突然開始嘔吐，然後說：

「爸爸給我吃了很奇怪的東西，我一直想吐！」

我進到屋裡，聞到一股奇怪的刺鼻味道。原來爸爸給恩秀喝了農藥，農藥瓶子倒在地上，發出了味道。我大喊著：

「爸爸你去死吧，要死，你自己去死吧！」

或許是因為我的氣勢，原本在默默喝酒的爸爸轉頭看我。意外的是，他沒有打我，他用充血的眼睛一直盯著我，眼裡有一股奇怪的嘲笑神情。他像在微笑，又像是極度痛苦的樣子。我怕他改變主意掄起棍子追打我們，馬上拉著恩秀的手往外跑。我們跑到常去的村口空屋裡過了一夜。隔天早上回家一看，那個我該叫爸爸的人已經死了。他喝光的農藥瓶就丟在他身邊。

5

那個晚上我無法安穩入睡。那天我倉促去見他，觀察他，看著他轉身走開，然後我開車送姑姑，姑姑下車後，我到市區買了幾樣聖誕節要用的東西，在百貨公司停車場正要上車的時候，突然想到那雙手。就好像吃了早上服用而晚上見效的那種藥，我腦海裡浮現了戴著手銬的那雙手。停車場有點冷，我在手提包裡找手套，或許因為這樣，我也想到了他耳朵凍傷的紅腫耳垂、手腕因手銬而磨出的紅色傷痕、僵硬而不喜開口的嘴巴每次說話時略微顫抖的模樣。當他說到自己不想再活下去的時候，他聲音裡帶有的那股不安，我感覺並不陌生，甚至應該說，我對那股不安非常熟悉。因為我也曾對家人說過這種話，曾對家人一邊大吼一邊說「讓我去死！」這種話。

百貨公司人潮很多，不斷有男男女女提著大包小包，把購買的東西放到車上開走，另一批人又馬上接踵而至。會這麼絡繹不絕，是因為聖誕節將近的關係。「但如果你討厭自己，那麼耶穌會為了你而來。祂會令你愛自己，告訴你，你是多麼寶貴的人……」連姑姑哀怨的聲音也在我耳邊響起。我不禁吞了一口口水。我不得不承認，這番話不只是講給他聽的。如果那個地方是這裡，姑姑大概還會加上一句玩笑話，說「耶穌降臨，並不是為了要讓人們這樣大肆購物的」。我想起小時候上教堂的事，那時我是個文靜的小女孩，穿著媽媽挑選的鑲緞帶小洋裝，恭恭敬敬幫老師做事情，主日學從不缺席。聖經背得滾瓜爛熟，還參加天主教教理競賽得了名次。然而，那一天來了。從那一天起，在我的世界裡，太陽失去了光芒，不再燦爛。不管外面的世界出太陽或者夜晚來臨，對我而言，都只像夜一般的黑暗。但是，不知為何，我見了他之後竟在這明亮的百貨公司停車場裡想到了那一天。後來我上了大學（儘管不是什麼好大學），在大學歌唱比賽，我得了獎，有一段時間曾到全國各地登台演唱。然後毫無經濟負擔地前往法國留學，回國後在家族經營的大學當上了所謂的教授。我是多麼沒資格當教授，這點其實是只有我和家人知道的祕密。儘管如此，現在的我除了年紀大一點，其他條件都很好，算是個不錯的社會人士，否則那個俗氣的檢察官怎麼會不惜說謊也想娶我呢？至少在別人眼裡，我是很不錯的。欺騙別人，對我而言是輕而易舉的事！

我開車上了路。路上塞滿車輛，路旁的行道樹裝飾著絢麗的聖誕彩燈，樹葉全枯的樹上彷彿開著金黃色的花朵。闊別七年的韓國變了，變得華麗、富有、忙碌。但是走在幾乎遮天蔽日的高樓大廈的巷弄之間，會發現風吹得比以前更強更冷。

回到家，我上網試著搜尋他的名字。

「鄭允秀」這名字一搜尋，就跑出了長串有關他的相關報導。日期距離現在一年半，那個時候我還在巴黎。他是當時「里門洞母女劫殺案」的主犯，案情大致是：他和同黨殺害了原本就熟識的朴姓女子，姦殺了睡在隔壁房的朴姓女子的十七歲女兒，接著又殺害了從市場買菜回來的女傭。

看到「姦殺十七歲女兒」這幾個字，我頓時感到憤恨，氣得咬牙切齒，覺得牙齦都快流血了。未來一整個月，我都得陪著姑姑去見這種人嗎？我先前居然還覺得他喊「讓我就這樣死掉，別管我」時和我很像，天啊，簡直是恥辱！我甚至想，大韓民國政府為什麼在這種人求死時不趕快殺死他呢？與其繼續去見這種不知感恩而無恥喊著想死的垃圾人，我寧願去接受精神科治療。我突然對姑姑開始厭惡，竟然送這種人保暖衛生衣、麵包，還哀怨地說什麼「我知道你是個心地善良的人。不論你犯了什麼罪，那並非全部都是你的錯」。我站起來，到廚房倒了一大杯剛在百貨公司買來的威士忌，直接站在那裡喝光它，胸口加快的心跳這才似乎鎮靜了一些。像被什麼吸引似的，我又再坐回電腦前。姦殺十七歲少女……十七歲少女尖叫的慘叫聲在我耳邊嗡嗡作響，我知道那名少女感受到的恐懼與羞恥是什麼樣的感覺。

殺人後，他與同黨劫走財物，開始到處躲警察，後來他那名同黨自首了，他則是躲到一處民宅挾持人質，然後被警察開槍射中了一條腿。

此外，也有其他的報導，說凶手鄭允秀為了金錢竟殺害平時非常照顧自己的中年婦女，還姦殺其女兒，連無辜的貧窮女傭也慘遭毒手，事後又毫無悔意。不但社論看得到，社會版也有報導，社會學者、精神科醫師、媒體人，自認為對社會問題瞭如指掌而且一站到麥克風前就滔滔不絕的那些人，他們站出來大肆評論的相關內容占滿了電腦螢幕。我不斷移動著滑鼠。

另一篇挾持人質的報導附了一張照片，照片裡的男人勒著一名婦女的脖子。婦女張嘴正在喊叫，看起來年約三十幾歲，像普通的家庭主婦。仔細看，照片裡的男人只是臉龐相似，完全不像他，沒有戴黑框眼鏡，而且頭髮非常短。和警察對峙半天之後，警察找來了經常到監獄教化犯人的僧侶。我在其他網頁找到記者採訪這名僧侶的內容：「我是一名僧人，法號法輪，當時我想進去，就對他喊話：『那位女士是無辜的，你要殺人就殺我好了，請你放了那位女士。』

然後他回答：『你是誰？你算哪根葱？』我說我是個僧人，法號法輪，他說：『很好，來得正好，因為你們這些和尚、牧師、神父……我才會變成這樣，來啊，想死就來啊！我連你也殺，然後我再死！』事實上聽到他這麼說的時候，我心裡百感交集，正要衝進去時，警察把我攔住了。」

我一個人笑了出來，都忘了之前還覺得他是個垃圾人呢。剛才喝了將近半瓶的威士忌，現在似乎開始有些醉意。我想到，即使是垃圾人，他這番話還是令我產生了共鳴。我真正無法原諒的是我的家人，他們連我痛苦的百萬分之一也不了解，只會不聞不問。媽媽說謊，說「我是做了噩夢」；爸爸不想再深入了解，還有哥哥們也是……至於神父和修女，他們聽了我的告解之後要求我原諒……神在我發生事情時聽到我求救的懇切祈禱卻置之不理。拜他們所賜，我被認為是犯下了說謊和不肯寬恕的罪。那個時候，對我什麼話都沒說的只有莫尼卡姑姑。

我點開下一篇報導。他被捕之後，送醫途中回答了記者，說：

「我恨我不能再繼續殺人，殺那些吃得好、穿得好的賤男女，我恨我不能再繼續殺！」

記者分析說，這類犯罪是由於社會貧富差距與富人奢侈放縱造成的；還說，即使如此，也不該用如此偏激的方式來表達恨意。明明都已殺人了，還膽敢說「恨不能再繼續殺人」，這麼膽大妄為讓所有人震驚。那些號稱了解這個世界的學者專家分析說，這種人應該要處以死刑，才能讓日益寡廉鮮恥的犯罪者有所警惕。我把剩下的威士忌倒進大大的杯子中。我想像他手裡有一把刀，他想殺我，想強姦我，拿我當人質……想到這裡，我握著酒杯的那隻手的手臂起了一陣雞皮疙瘩。可能我會搶走那把刀，先殺死他。此時，我才醒悟，自那一天起，我雖然從未認真想過，但這種想法早已長存在我的心中。如果我搶了那把刀，真的會如同了解社會問題的那些人所說的嗎？先理智思考殺人會被判死刑而不殺人，我真的會這麼理智嗎？當然不會！我一定會不擇手段搶下他手中的刀，而且殺死他。我敢斷言，我會用我想到的最殘忍方式殺死他。以前的我做不到，但是現在的我應該可以做得到。那時我是一個什麼事都不知道的單純少女，但現在我卻是個長期不將生死看在眼裡的人。

突然，電話鈴聲響了。是莫尼卡姑姑。她先問我是否平安到家，然後叫我過了年之後再跟她一起去首爾看守所。我沒有回答，很想問姑姑：「為什麼偏偏要我去見一個強姦少女的傢伙？難道姑姑您真的不知道他的罪行嗎？」

「維貞，還有，你要答應我一件事。」

「又是什麼事？」

我直接就回了她一句。可能因為剛剛酒喝太急了，肚子裡的酒氣一直往上衝到鼻腔，很想打飽嗝。要不是電話那一頭是莫尼卡姑姑，我可能早就發酒瘋，喊著：「哼，你一個人當聖女就好，你一個人去天堂就行了啦！」

「你是不是……又在喝酒了？」

姑姑問道。我回答：

「沒有。」

姑姑說：

「嗯……幸好沒有。既然你已經答應要跟著我一個月，你也要答應我，在那之前不能死。

我好不容易才說服你舅舅的，為了我，你做得到吧？」

我想說我做不到。我想說：「我沒有辦法做到！還不如讓我進精神病院好了！」然而，姑姑的話總好像帶有某種真情在其中，會使我不由自主地解除武裝，或許那就是姑姑對我的愛吧，也或許那是姑姑曾經抱著我哭泣的那份悲傷吧。悲傷只要不戴面具，真實呈現的時候，總會給人神祕、神聖、誠懇的感覺。而且悲傷雖然是屬於自己的，同時卻也能成為打開他人緊閉心房的鑰匙。我知道姑姑長久以來都在為我的事祈禱。她擔心我會死，不，應該是說擔心我又尋死，所以最近幾天早晚都打電話給我。一想到有人懇切希望我活在這個世上，我心裡某個角落彷彿受到了重擊，就像在受傷的魚身上撒鹽一樣疼痛，害得我不能離開世上，不能完全離開，而是使用會失敗的方法，也就是說，我自殺時沒有選擇用能夠真正致命的方法——從我住的大樓十五樓一躍而下。之所以會這樣，是因為姑姑的關係。雖然我不願承認這一點，但我確實已經慢慢意識到了。我想答話，但可能因為忍著不打嗝的關係，於是吞吞吐吐地說：

「好啦，我知道了……我答應你。要死也會等一個月後再去死……」

「嗯，這樣子一個月、一個月地過去，總有一天我們都會死。我也會死，你也會死。」

我一時之間說不出話來，這才醒悟到，我從未想到姑姑會死。如果姑姑死了……其實姑姑已經年過七十，我竟沒想到這問題，我才是怪呢！如果那樣，我一定難以接受。連姑姑也離我而去的話，就等於失去了懇切希望我活在世上的唯一一個人。也就意味著，失去了世上令我留戀的因素，失去了讓我無法從十五層樓墜落的人。讀高中時，我第一次自殺，姑姑是最先跑來抱住我的人，她哭著說：「可憐的孩子，可憐的孩子！」緊緊將我抱在懷裡。可是，如果見到姑姑死去，我恐怕連哭也哭不出來吧。

「……姑姑，請為我祈禱……讓我不會死。」

我對她說。姑姑回答：

「當然，我都會為你祈禱，早上是，晚上也是……姑姑老了，維貞哪，別再讓姑姑心痛了，知道嗎？現在你也該寬恕了，不是為別人，而是為了你自己。」

這是姑姑第一次跟我提到寬恕。或許是感受到了我的緊張，她猶豫了一下，又繼續說：

「我的意思是，別再讓那件事繼續主宰你的人生。把那傢伙在你心裡占據的房間拆掉，全拆了吧！事情都過十五年了，從現在起，你該為你的所有事情負責任，你已經三十歲囉！」

姑姑說「你已經三十歲囉！」的語氣，像在對十五歲孩子說話似的。我沒有答話。

未曾在悲哀中吃過麵包的人，
未曾在淚流滿面中徹夜渴望明日的人，
他們不知道，神聖的力量。

——歌德（von Goethe）

藍色筆記6

恩秀和我被送進了孤兒院，從那天之後，我像個流浪武士一樣，必須隨時進入備戰狀態；也像非武裝區的哨兵一樣，沒有一天可以安穩入睡。從學校回到孤兒院，總是看到失明的恩秀被孩子們搶走飯菜，全身被打得青腫。我就會去找出欺負弟弟的那些人，也打他們打到鼻青臉腫。之後，我也會被孤兒院的舍監打到流鼻血。就這樣，我成了那間孤兒院的不良少年，人人頭痛的對象。隔天，我去上學時，恩秀是前一天被我打的孩子們的報復對象；我放學回來後，就再去報復他們。然後孤兒院的舍監會打我，打得更加用力。三邊人馬每天都在重複一樣的事，天天都在懲罰與報復之中度過。我似乎遺傳到了爸爸，在我血管裡流竄的暴力、嘶吼、謊言、叛逆、憎恨，全被激發出來，使我天天過著這樣的日子。我是一頭禽獸。如果不是禽獸，那我真不知道該怎麼過下去。如果不當禽獸，我就什麼都不是了。那樣的生活日復一日。有一天，媽媽來找我們了。

6

那封信是這樣開頭的：「我發現自己沒有遵守約定。」收到信的日期大約是第一次探監後又過了一個禮拜，我們正打算去首爾看守所探望他。姑姑也不管他是不是要見我們，反正是一副堅持要見的模樣。那週正好是一九九七年元旦的那一星期。

姑姑將他寄到修道院的信拿給我看，臉上露出非常高興的表情。但這回我想用另一種方式去面對他。其實也可說是我面對自己的方式吧，只是當時的我也不是很清楚。

「那天我忘了之前和莫尼卡姑姑您通信時，提到我想見一見曾經在一九八六年職棒開幕演唱國歌的一位歌手，她是大學歌唱比賽出身的女歌手。如今已不在世的弟弟非常喜歡那位歌手的歌聲，尤其喜歡她唱的國歌。如果我和那位歌手見面，我相信弟弟在天堂一定也會很高興的。但我沒有當場認出她就在我面前。剛從禁閉室出來，當時滿腦子都是絕望的想法，只想把所有一切都毀了，一了百了。回房後，我想到弟弟一定會不高興我的無禮。我想，死了就能一了百了的想法或許是錯誤的。對不起。另外，修女您送的衛生衣非常保暖。」

信的內容很短。姑姑一接到信，就想趕快前往看守所。她當然不可能漏了我，我是這封信的寫信動機，同時是他弟弟喜歡的歌手，想當然爾姑姑不會一個人獨自前去。我們在門口等了一下負責天主教的那位監獄官李主任，他來帶我們進去看守所。

「上次見面就覺得您很眼熟……很高興認識您。我學生時代是您的歌迷呢……那天回去牢房後，允秀告訴我，您是唱紅〈向著希望的國度〉這首歌的有名歌手。能見到您真的很榮幸。」

李主任對我說道。偶爾我走在路上，或者在百貨公司申請信用卡，或者搭飛機，都常有人因為看到我的名字或人而認出我來。十年前，我唱的〈向著希望的國度〉這首歌，唱片一發行就竄紅，當時不論我走到哪裡，身邊都有一群歌迷跟著。十年過去了，他們還能認得出我，心裡多少有些開心。但這裡是看守所，進到這裡和認識我的人見面，我實在不知道是否該值得高興。

「上次您走了之後，我回去告訴我老婆說您和莫尼卡修女一起來了這裡，她很感動，說您真的很了不起。以為您應該是高高在上的，沒想到會做這麼了不起的事。」

看來我沒辦法跟李主任說，說我一個月後就不再來了，也不能告訴他，我根本不是什麼了不起的人。感覺很尷尬，他既然這麼說了，我好像只能假裝自己是個了不起的人。因為如果要解釋我為何不是了不起的人，可能要解釋個老半天才解釋得清楚。

「請問一下，那個……為什麼有些人是穿淡綠色衣服，而有些人是穿藍色衣服呢？藍色衣服看起來很單薄。」

我轉移了話題。李主任說：

「淡綠色衣服是自己買來穿的，藍色衣服是國家發的。」

「天氣這麼冷，為什麼不買淡綠色衣服來穿呢？是不是因為很貴？」

走在長長的走廊上，我試著找話說。李主任答道：

「兩萬元一件。」

我說道：

「不會很貴啊……」

突然間，這位監獄官以難以置信的眼光看著我，說道：

「這裡總共有四千人。我們有時候會察看電腦統計資料，半年內保管金一毛也沒有的人就大約有五百人。」

我停下腳步，抬頭看著李主任。李主任繼續說：

「這是意料中的事。很多人都是為了生計，一時衝動犯罪的……大概是孤家寡人，或者家人置之不理的。」

「五百人……保管金一毛也沒有嗎？」

「半年內保管金不足一千元的也差不多那麼多人。唉，您想想看，有錢的人怎麼會進來這裡呢？」

我不由得想起幾天前在百貨公司買的那瓶酒的價格。是這樣嗎？我心裡疑惑著。記得我住在巴黎的時候，巴黎協和廣場的韓國觀光客人潮一年比一年多，每到夏天，我們這些留學生總是開玩笑說要去到沒有韓國觀光客的鄉間住……韓國人到巴黎，非五星級飯店不住，因此我以為我們國家已經很富裕了……我想說這些，但還是決定閉口不說。保管金不足一千元的有五百人……半年內就這麼點錢，那麼衛生紙、保暖內衣這類的東西該怎麼辦？我實在無法理解。我感覺自己不像踩在地面上，顯得很不安。

這個時候，有個穿著淡綠色囚服的男子在監獄官的戒護下走了過去。當我發現他的衣服上有紅色囚犯號碼時，正好他停下了腳步。他喊道：

「莫尼卡修女。」

姑姑停下腳步，一面說著「哎呀，是你啊」，一面伸出雙臂擁抱他。就好像是和親生姪子久別重逢的模樣。

「聽說您最近在見鄭允秀，是嗎？」

「是啊，消息可傳得真快，你過得怎麼樣？」

「在這裡面，消息傳來傳去，彼此的事都知道。我姊姊來看我，現在要去見她。對了，允秀他怎麼樣？這傢伙才剛從禁閉室放出來，精神狀況可能不太好，您一定很辛苦吧？修女請您別放棄，請想一想我一開始見您的情況，不也是又吵又罵的。」

這名剃光頭的死囚不好意思地笑了。姑姑說道：

「是啊，你那時候真的不是普通麻煩啊！」

「修女，我聽說允秀那傢伙還替同伙背了罪名，連自己沒做的事也說是自己做的，好像是這樣。那個同伙家裡有點錢，弄了一下，變成判十五年，現在已被轉送到原州監獄去了。在監獄官的眼裡，可能覺得允秀很壞，但我們都認為他很好。他好像把上次修女您給的保管金全部給了一個被判無期徒刑的老人家，那個老人家沒有保管金，生病了也吃不起藥，允秀要他至少買個私製藥……如果是我，沒保管金也一定非常不好過的，可是允秀……」

「這樣啊。」

姑姑說道。她的臉上掠過一絲喜悅的神色。

「昨天放風時偶然遇到他，他說：『哥，你有聖經嗎？』我就趕緊借給他了……修女，我做得不錯吧？」

「嗯，做得好，你做得很好。」

莫尼卡姑姑拍了拍他的肩膀，他立刻露出像孩子般得意的表情。我站在距離他們幾步遠的地方，看著姑姑和這名死囚對話，心裡不禁懷疑：「這個死刑犯真的殺過人嗎？」難以置信的事、異於常人想法的事，在這裡一一上演著。

「對了，修女，請問金神父是不是做癌症手術了？」

「是啊，聽說做了手術。他生病的事情我也聽說了。」

這名光頭而眼睛稍圓的矮個子死囚臉上掠過悲傷的表情。他說：

「我們這些死囚上次聚在一起的時候，都說：『我們一起祈禱吧，請上帝先帶走罪大惡極的我們，不要帶走金神父。』我們決定在金神父病癒之前，每天都不吃午餐，要犧牲奉獻給上帝。神父有什麼罪？他一心為了我們，甚至在手術前一天都還瞞著我們來這裡主持彌撒。我們知道之後，都……」

他眼裡噙著眼淚。姑姑咬了一下嘴唇，說道：

「在這裡面除了吃以外，什麼樂趣也沒有，吃是多麼大的樂趣啊，讓你們消遣時間……你們真的犧牲很大……嗯，謝謝你們，我會轉告金神父的。你們不吃午餐的犧牲奉獻，上帝一定會很高興的。不吃這裡的午餐，是你們和上帝的約定，但還是要偷偷吃點自己買的食物啊！這一點我會拜託上帝諒解的。」

這名矮個子死囚哈哈大笑。一旁的戒護監獄官露出為難的表情，死囚隨即說道：

「我該走了。監獄官，請再等一下……修女，有時候真想念您，比較期待見到的好像不是我姊，而是您。比期待見到我小時候就去世的媽媽還要期待呢。請常來看我們，還有，我會寫信給您的。」

雙手戴著手銬，耳垂就像鄭允秀的一樣凍得紅腫的他，一面向前走，一面轉身喊道。他說話一點都不做作，毫無顧忌。難道是因為面臨死亡而有這樣的勇氣嗎？連我都羞於出口的話，他卻像個孩子般輕易就說了出來，看他這樣，我突然覺得他才是姑姑的姪子呢！沒想到我竟然開始心生嫉妒了。我甚至想到：如果我是姑姑，會比較愛我還是他們呢？在我不知珍惜自己生命的三十年裡，本該屬於我的愛似乎被他們獨占了。又想到，會不會在他們大喊「別管我，讓我死」的時候，姑姑也像對待我一樣地抱著他們，一面說「可憐的孩子，可憐的孩子！」一面陪他們一起哭？

他隨著監獄官走遠了。姑姑停在原地，無奈地嘆了口氣，喃喃地說：

「要是我會分身就好了，或者乾脆讓我進來這裡跟他們一起住……如果能這樣，那就太好了。」

我們走進了天主教的會面室，等候允秀。不同於第一次糊里糊塗來這裡會面的情形，這回我彷彿帶了一把磨得發亮的刀，想到馬上就要見到一個姦殺少女的人，我心裡已經沒有自殺的念頭，而是湧現一股奇怪的戰鬥意志。想到就要見面了，我不禁全身顫抖了一下，但這感覺並不壞。即使這算是種憎恨，即使這是種邪惡的觀察意志，反正在我體內已經很久沒這樣意氣澎湃了。早上起床時，我喃喃自語地罵出我從未說過的一堆髒話，莫名的快感似乎讓我體溫升高了一度左右。我一直在期待，像是等待獵物的獵人，期待著今天的會面。我隱約有種感覺，這些年來我懷抱的殺意，真不應該是向著我自己才對啊。

「一開始他們都是這樣……說起來，鄭允秀的情況算是比較好的。以前有個叫做金大斗的孩子，別人稱他是『當代殺人魔』，一開始，牧師送的聖經他至少撕毀過十次以上。但最後死的時候，他還是皈依了上帝，像天使般離去。還有金堂殺人案那個犯案的孩子，不也是最後幾年像菩薩一樣生活才離去的。剛剛在走廊遇到的那個孩子，監獄官第一次帶他來這裡時，他破口大罵了一大堆，怎麼也不進來。」

「所以姑姑是因為這樣才來這裡的？」

這話明顯帶著諷刺意味，姑姑似乎意識到了，驚訝地看著我。我繼續說道：

「您是因為喜歡看到罪人變天使……見證到上帝的話像魔杖一樣能夠改變人，您和來這裡的其他宗教委員就會更加堅定信仰是嗎？其實這沒什麼啊，以那些人的立場看來，自己隨時會死，心裡當然害怕。當初他們殺別人的時候，不知害怕，現在換作自己要死了，就害怕了，所以趕緊改過向善……如此說來，死刑制度真是不錯啊！人之將死，其言也善，這是很普通的道理啊。是姑姑那天對監獄官說的『最好的教化』，不是嗎？」

姑姑目光銳利地看著我。一開始我也是以一副不服輸的眼神迎向姑姑的目光。但是，人的臉上、人的眼睛到底包含多少語言？似乎包含著比演講還更多的辯詞。姑姑好像在提醒我，想想爸爸去世時的樣子；也像在提醒我，想想不久前媽媽因為要動乳癌手術而大鬧的事情；最重要的，也最具決定性的，像在提醒我想想自己試圖自殺時的樣子。她似乎在說，不是每個人面對死亡都會改變，但是在面對死亡時是可能會真心懺悔，改過自新。因為這樣，我不敢再直視這位老人家布滿皺紋但炯炯有神的小小眼睛了，我低頭看往別處。

這場和姑姑無言的對峙，讓我在看到他跟著監獄官走進來時有些慌忙以對。當莫尼卡姑姑握著他的手高興地打招呼時，我想到這個強姦少女的殺人犯在職棒開幕時曾經出神地看過我演唱國歌，便覺得心中一陣恥辱。昨晚我甚至想，如果這種人拿我以前登在雜誌的照片手淫我也無法可施，一想到這我不由得咬牙切齒。另一方面，很奇怪地，有股力量在壓抑我的憎恨。聽到有人是連保管金一毛也沒有，而保管金不足一千元的有五百人，而且是「半年內保管金不足一千元」，又聽到剛剛那個死囚說為了讓神父痊癒而決心少吃一頓午餐，說要祈禱上帝帶走罪孽深重的他們而別帶走神父……聽到允秀這個人把上次姑姑給的保管金全部給了一個判無期徒刑的老人家……這些話不知為何總在我耳邊不斷響起。所有米粒般的小話語堆在一起，像滾雪球一樣愈滾愈大，與「姦殺十七歲少女的殺人犯」對峙著，宛如以角撞擊的兩頭公牛，在我心裡相抗衡。

他的臉色看起來比上次還蒼白，面露不自然的微笑，眼神還是隱約有一絲殺氣。姑姑三十年來一直上演的教化老戲碼，我一點也不想幫她，但也不願太過煩惱。如今除了這一次，我只要再來這裡兩次，就再也不會來了。當初約定好是一個月，所以到時候我再去找舅舅，說我已照姑姑的吩咐見了死刑犯，向他們傳了福音，同時自己也已經沒有尋死的想法了。這麼一來，舅舅一定很高興。反正他是個好人，好人都很容易受騙，他們愈是不欺騙別人，愈不會想到別人會欺騙他們。但是舅舅可能會緊盯著我的眼睛，然後說：「你哭一哭會比較好一些。」如果那樣，我不會煩躁，只會回答：「對不起，我錯了。」反正舅舅是個好人。

如同上次會面，我們四個人坐在天主教會面室裡。姑姑拿出帶來的麵包放在桌上。像上次那樣，拿了一個放在他的手裡，他蜷曲身子開始吃了起來。我不禁想到他睡覺、吃飯、上廁所的時候，都得雙手縛著，也難怪會有「生不如死」的想法了。

「這星期沒進禁閉室吧？」

姑姑一這麼問，他停止咀嚼麵包，愣了一下。

李主任幫他回答：「這星期他休息。」

姑姑和李主任笑了。他也笑了，儘管只是短暫幾秒鐘。

「感謝上帝。那樣的地方還是別進去比較好，允秀，那對你和其他人都沒有好處，不說別的，你自己就非常難受了，不是嗎？」

他不發一語地吃著麵包，表情像是覺得如果沒有了麵包將不知如何繼續會面下去的樣子。姑姑坐到他身旁，伸手摸了摸他的耳朵。大概是因為耳垂凍傷的關係，他皺了一下眉頭。

「可憐的孩子，我帶了兩條毛毯來，睡覺時蓋著會暖和些。天氣這麼冷，都沒暖氣，那些法官、檢察官真應該來這裡睡上幾晚看看……」

姑姑嘀咕著，自言自語似的說道。他吞了一大口麵包，差點噎到，咳了起來。姑姑拿起咖啡，靠到他嘴邊。但他似乎覺得不好意思，頭往後退了一下。

「喝吧……沒關係。我這輩子沒能結婚，要是結婚生了孩子，我小兒子也應該跟你年紀差不多……如果手銬能解開一下就好了……多難受啊……不過，要忍著點，這裡都能忍過去的話，還有什麼地方不能忍呢？」

出乎意料之外，他順從地應了一句「是」。姑姑像餵嬰兒喝奶那樣小心翼翼餵他喝咖啡。他像個孩子般，一口一口喝著姑姑手裡拿的咖啡，但是表情顯得很難受。就算頭上頂著炭火，他的表情恐怕也不會比這更難受吧。

「您寄的書我收到了。」

他開口說道。姑姑問他：

「嗯，看了嗎？」

「看了……反正我也沒事做，而且不是聖經，我就看了。」

姑姑笑了出來。看來她不打算提剛剛那個死囚說的事情。

「好吧，別讀聖經……千萬別讀啊。」

姑姑用開玩笑的口吻說。相較於上次的會面情況，這次姑姑用更輕鬆的方式和他對話。

「我第一次聽修女……這麼說。」

「反正叫你看你也不會看……說沒用的話做什麼呢？所以想看也一定要忍著啊……」

姑姑一笑，他也跟著笑了。一會兒之後，他低下頭來，看著手裡的麵包，沉默了一會兒，他開口說道：

「嗯，幾個星期前，聖誕節的時候……我收到法官給我的聖誕卡片。」

姑姑問他：

「法官？是金世中法官嗎？下判決的那一位？」

「是。」

「這樣啊。」

「其中寫了這麼一句話……身為法官的我，金世中，宣判了你死刑，但是身為人的我，金世中，將為你祈禱。」

他乾咳了好幾聲。我心想，怎麼有這麼好的法官？很不錯的一段話。此時姑姑表情高興地問他：

「是嗎？那你有什麼想法？」

他答道：

「收到這張卡片，有種想法……說實在的，很奇怪為什麼大家突然都對我這麼好。」

他像洩氣似的「噗呼」笑了一聲，一副嘲笑的表情。

果然不落俗套，有個性。

在我這麼想的時候，姑姑咬了咬下唇，再度凝視著他。他繼續說道：

「真奇怪，在下判決、宣讀判決書之前，那個法官問我：『現在心情怎樣？』我回答說『很好』。旁聽席上的人還有記者們，開始議論紛紛了起來。所以我又再回答：『首先，因為一定是判死刑，我一直沒死成，活到現在，如今國家堅持要我死，所以我說很好。第二，因為從我出生到現在，從未像這樣成為眾人關心的焦點，我的一舉手一投足都有人重視，所以我說很好……。』成了死囚後，教務科長把我叫去，要我從基、佛、天三教之中選擇一個宗教信仰，說是義務為每個死囚配一名宗教委員。基、佛、天指的是基督教、佛教、天主教。這一年來，別人有的去做禮拜，有的去誦佛經，但我都不去。我不願像垃圾分類回收那樣被歸到一門宗教。」

「是啊，當然不能那樣！」

姑姑附和說。他似乎有些意外，看了一眼姑姑，又繼續說道：

「上一次會面時，修女您說不一定要信教，我想了很多……其實我不需要宗教之類的東西，而且也不信。至今我沒有宗教也活得很好，不，雖然沒有活得很好，雖然活得像條狗，但如果真的有神……真的有愛與正義的神，我就沒必要變成殺人犯了呀……」

他使勁嚥了一口口水，然後說道：

「以前我曾經參加過天主教的集會，只參加過很短一段時間。那是在我弟弟死後，大概第三次入獄的時候，五年前左右的事。當時甚至參加了教理班，打算要受洗。那些服務的姊妹態度真的很親切，讓我覺得很溫馨。我們互相通信，她們會送聖經，還有巧克力派。過節時，做美味的食物給我們吃……可是有一天，我身邊一名年老的死囚在彌撒結束後突然去緊握住一位大姊的手。當時很突然，監獄官來不及阻止。可是我們都看到了那位姊妹臉上的表情。即使會做美味食物給我們吃，甚至可以給我們一點錢，還在冬天那麼冷的日子裡到監獄來和我們一起做彌撒，雖然那樣，她卻不願意握手……她不是用說的，但是包括那名死囚，還有我以及旁邊所有人都能感覺到，她的那種表情像是看到蟲子，像是看到骯髒的禽獸……那天夜裡，我聽到那名年老的死囚在隔壁房間大鬧，像禽獸般的嚎叫哭聲……」

他又歪著嘴嘲笑。

李主任插嘴說道：

「在這裡幾乎見不到外面的人，所以這些人對外面來的人十分敏感。」

允秀又說道：

「儘管這樣，那位姊妹大概在外面會炫耀自己正在為可憐的人做慈善吧，自認為自己為人很不錯。但她不知道自己對那個死囚所犯下的罪行有多大，那個死囚殺死的雖是人的肉體，但她撕碎的卻是那個死囚日漸死亡的靈魂。不過，這些她都不知道吧。因為這件事，我無法再去參加彌撒。當時我下定決心，如果不是同類就叫他們乾脆別來見面，別假裝喜歡……那會比輕視我們或打我們還更讓人噁心……從那時起，我就不信任有錢人了，反正他們和我們是生活在不同的世界。即使真的有神，神也是住在有錢人的那一個世界裡，不會來理我們這種人的。從那之後，我只要看到上教會的人就噁心，覺得他們是偽善者。」

一時之間所有人都沉默不語。我緊盯著他的臉，觀察到他臉上隱約閃現的是比上次會面時還更冷酷的表情。上一次他臉上偶爾閃現的可稱之為冷漠，但這一次卻是冷酷。我想像著他的手裡拿著一把刀，一邊努力描繪他掀起十七歲瘦弱少女的裙子並強姦她的情景。但是，我想像中的那些演員卻愈來愈無法消化自己的角色，只是呆坐著。我也傻傻地愣著。

「對不起，我道歉。」

莫尼卡姑姑握著他被手銬銬住的手，說道。

「不，又不是修女您做的……」

他一面試圖掙脫姑姑的手，一面說道。

「不，可能就是我，不管那是什麼樣的女子，那就是我，是我的錯，允秀，我替那位姊妹謝罪……對於那個哭了一整夜的死囚我感到很抱歉，想到那天你聽那位死囚的哭聲聽了一整夜，我的心也痛了。對於你，對於在這世上某個地方生活的你，我沒能及早關心，現在才來找你，對不起。」

他目瞪口呆地看著莫尼卡姑姑，然後把臉轉向別處。

「我不知道您是不是刻意這麼做的，但修女您這樣讓我心裡很不舒服。今天回去之後，我可能會一直覺得很不舒服……拜託您別這樣……好嗎？」

他在掙脫姑姑雙手的同時，咬著嘴唇，說了這番話。姑姑噙著眼淚，仍然固執地不肯放手。回去之後心裡不舒服的人又何止他一個呢？我火大了，「這到底是上演多感人的教化場面啊，」我在心裡嘀咕著。「看來接著就要高高升起太極旗了，然後對國旗盟誓，唱出國歌。」我實在看不下去了，索性撇過頭去。這時剛好看到林布蘭的〈浪子回頭〉這幅畫。我想起我喜愛的一位作家寫的一段話：

歸來的浪子應該要處死，因為他會帶回更壞的東西，而且讓我們感覺自己的生活變得很糟糕。所以說，真正的浪子應該要不帶一滴水，不帶任何麵包，也不騎駱駝，走到沙漠盡頭而死。不求死於一處，而是浪跡天涯各處！

這是作家蔣正一的文章。是啊，我討厭偽善者。我希望鄭允秀一直到最後都能很酷，繼續當殺人者。像被處死刑的蓋瑞・吉摩爾（Gary Gilmore）那樣，到死還嘲弄了所有人。美國猶他州的蓋瑞・吉摩爾……然後在法國，即使輿論調查顯示全國過半數人口反對，法國總統密特朗還是廢除了死刑，之後很長一段時間，人們仍然為此爭論不休。我讀大學時這也是一項議題，因此拜讀了雨果和卡繆等人強烈反對死刑的著作。我就是在那個時候讀到了有關蓋瑞・吉摩爾的事，他無緣無故槍殺了兩名美國平民，卻在媒體採訪時面帶嘲弄表情，泰然地說：「如果把我處死了，你們就是協助我完成最後一次殺人。」他已經超越了死刑制度所能懲罰的範圍。殺人會處以死刑，但殺人以外的其他各種暴力，死刑制度顯得無能為力，所以蓋瑞・吉摩爾奉獻生命來嘲笑死刑制度的無能與矛盾。因此，在他死後，有無數年輕人追思他，拍攝他的電影，創作相關的歌曲。至少，他們不落俗套。這種打破陳規的行為感動了我們，使我們重新省思。可是，眼前這場面未免太老套了，令人看了厭煩，事實上也的確很惱人，我不禁想要當場起身離開。

告訴我你是什麼樣的人，
我就能說出你信仰什麼樣的上帝。

——尼采（Nietzsche）

藍色筆記7

媽媽帶我們回她家，在媽媽家還有另外兩個比我們大四、五歲的男孩子。而我們要稱之為繼父的那個人平常不愛說話，但只要一喝酒，就會隨便亂摔屋裡的東西，亂揍屋裡的人。媽媽臉上依然到處青腫。為什麼她總是擺脫不了暴力與酒精的枷鎖呢？幸好繼父早上起床後都會騎腳踏車載著工具去幫人塗壁紙。但那只是開始而已……早已住在那個家裡的兩兄弟，也就是媽媽的兩個繼子，很不喜歡我和恩秀，這當然是意料之中的事。我像隻受了傷的刺蝟，只要敢再動我一根寒毛，我渾身的刺就會整個豎起，向他們反擊。結果，媽媽開始打我和恩秀。即使恩秀被他們兄弟用棍子打，媽媽也打我們；即使我用拳頭揍了他們兄弟，媽媽也打我們兩個。就這樣過了一段時間，有一天，繼父把我們的東西打包，要將我們丟回孤兒院。

我們兩兄弟如同被掏空了的紙箱，被揉得皺巴巴的，扔回原來的地方。離開的那天早上，恩秀睜著他看不見的雙眼在找媽媽，他一邊揮著雙手，一邊哭著喊「媽媽，媽媽」。但是媽媽將恩秀推給我轉身冷漠地躲進廚房的模樣，我卻是清清楚楚睜著雙眼目睹。我們再次被拋棄了，但這和第一次完全不同，也就是說，是無法再挽回的那種。從此我們連最後剩下的希望也沒了，不僅恩秀如此，連我也是。全宇宙的光芒都消失不見了，再也看不到太陽為我們升起。

7

我悠閒地吃著早午餐，這時電話鈴聲響了，是姑姑打來的。姑姑的語氣顯得焦急，說要馬上去一個地方，叫我開車載她去。我看看時間還早，還不到中午，雖然晚上有約，但時間綽綽有餘，所以就答應了。我先開車去清波洞姑姑的修道院，姑姑把她事先買好的一大塊豬排骨放到車上，我們便前往三陽洞。因為那邊巷子小，沒有停車的地方，所以我將車子停在市場入口處的收費停車場，再和姑姑一起步行過去。豬排骨不可能讓年邁的姑姑拿，我只好一個人拿著那一大塊豬排骨，但沒多久我就氣喘吁吁了。走過市場，又走了很長時間，還是不見姑姑說的那戶人家。途中經過的巷弄小道上，幾天前下的雪已被踩得髒髒黑黑的，失去了原本的白雪面貌，而且都摻雜著為了防滑而遍灑的黃煤灰。

不用問也知道，這裡是貧民區。但這裡真的是首爾嗎？從巴黎回國後，偶爾在首爾會見識到比巴黎更繁華的街道，每每令我驚嘆不已；然而，這裡也是首爾的一部分嗎？這種似乎還停滯在一九六〇年代的落後地方竟然住滿了這麼多人？我心中多少有些震驚，但是還不到情緒激動的程度，即使有，也只是像看一幅風景畫的感慨心情。

姑姑說我們是要去探望被鄭允秀殺死的那個女傭的家人。那件事發生後，姑姑多次想和他們見面，但他們一直不肯見，如今他們似乎有些敞開心懷，願意見面了。正好快過年了，想送他們一點肉品，所以才急著過來。

晚上我要和老同學聚會，所以穿了短裙出門。但現在扛著一大塊豬排骨走在巷弄裡，引來路過的男人投以異樣的目光，真是討厭啊。另一方面，我心裡在想：「怎麼會這樣呢？為什麼殺人犯都很窮？而被殺的也都很窮，為什麼？」

「姑姑，怎麼會這樣呢？」

「什麼怎麼會這樣？」

「為何嘴裡喊著要殺有錢人，當然，我不是說殺有錢人就沒關係，但為什麼會這樣呢？為什麼死的都是些窮人呢？難道這就是殺人犯所說的正義嗎？如果真想那樣，可以學學中東人，把炸彈裝上卡車，開到富人區去引爆，不就好了？」

我一面氣喘吁吁走著，一面問道。走在又高又窄的階梯上，也同樣感到費力的姑姑停下腳步，她用難以置信的眼神看著我，說道：

「把炸彈裝在卡車開去引爆？……這樣最先死的是你，你在想什麼啊？你媽媽和哥哥會多麼……」

「我不是這個意思。我是說，他們殺死了這些可憐人之後……還說自己是行俠仗義者，我覺得很生氣。」

姑姑說道：

「窮人住的地方，通常就是犯罪率高的危險地帶啊。如果是富人區，那裡有很多警衛駐守。」

「但那些警衛很多都是住在這種地方的人，不是嗎？當他們幫有錢人看守時，他們的妻女晚上下班回家時卻得走這種又窄又黑的巷子，可能會遭人侵害。雖然我很討厭允秀，但套用他說的一句話：『即使真的有神，神也是住在有錢人的那一個世界裡，不會來理我們這種人的。』我深有同感，他這番話說得很好，所以我也討厭宗教，討厭上教堂。」

「你不上教堂的理由可真多……你怎敢這麼想？你和他一樣嗎？怎能和他說同樣的話……等一下，這裡好像是一八九之七號？」

在僅容一人通過的小巷裡，我們停在某一戶人家的門前。原本想追問姑姑，她說的「你怎敢這麼想？」是指他鸚鵡學舌？還是指我鸚鵡學舌？但我來不及問，姑姑已經敲門了。門一打開，首先見到的是不足半坪的廚房，亂七八糟擺了一堆生活用品等雜物。屋裡冷颼颼的，而且散發一股臭味，有點像魚腥味，又有點像泡菜放太久的味道。有個老太太站在門口，一頭稀疏的頭髮往後攏，盤著髮髻，用簪子別住。她請我們進屋裡。她個子不矮，但眼睛紅腫，像是哭得太多而揉腫的樣子，嘴唇乾燥龜裂。身材瘦骨嶙峋，腰細到彷彿用點力就會斷掉一樣。我尷尬地把豬排骨遞給這位老太太，她紅腫的眼睛頓時閃現了一絲生氣。

然後我們走進一個大約一坪半左右的房間，裡面很暗，到處堆放著沒捆好的廢紙。在房裡一處角落，堆著層層疊起的被子，好像隨時會倒下來的樣子。靠近天花板的牆上，有一扇巴掌般大小的窗戶，邊框封著綠色膠帶，好像是為了阻擋冷風吹進來。儘管如此，依然有微弱的光線從這扇窗透進來。窗戶下面有個破舊的抽屜矮櫃，上頭放著一尊聖母像。貧窮人家的聖母像怎麼看都讓人覺得醜醜的。還記得我在巴黎留學以及到義大利旅行的時候，雖然已經失去信仰很久了，但也曾動過想要收藏聖母像的念頭。然而想收藏的卻不是現在看到的這種聖母像，如果送我這種會讓我害怕。醜醜的聖母像，像這戶人家一樣，灰灰暗暗的，立在那裡。

「要開燈嗎？」

老太太問道。

「不用，沒關係……這樣很好。」

莫尼卡姑姑一這麼說，老太太隨即笑著說：

「是，修女，電費很貴啊。」

她的笑容之中有股低聲下氣的神情，講話時像是長久以來已習慣卑躬屈膝的語氣。我們在昏暗的房裡席地而坐，這場面就像梵谷〈吃馬鈴薯的人〉那幅畫中的農夫。

「這段日子您一定很辛苦吧？」

聽到姑姑的問話，老太太開始在口袋裡翻找，掏出廉價香菸叼在嘴裡。她吸了一口菸，一面吐出長長的煙霧，一面說道：

「沒死，歹活到現在。一開始教堂幫了點忙……最近就快過年了，他們可能還會給點米糧吧。不管怎麼說，讓您來這麼寒酸的地方真是不好意思……」

莫尼卡姑姑瞄了一眼那個醜醜的聖母像，老太太看到了，忘神似地沉默不語，然後才開口說話：

「我那死去的孩子是信天主教的，但她沒叫我們跟著信……她連星期日也去工作，忙到幾乎沒辦法上教堂，可是她每天早上都會跪在那裡喃喃自語老半天才出門……我女兒死了之後，我用黑布把聖母像蓋著，蓋了好長一段時間。原本我要拿到路上砸爛，但小孩阻止我，說她生前每天早上都跪在那裡祈禱，砸了她會難過，這才留下來的……我一直用布蓋著，最近才將布拿開。」

才坐著三個人就擠滿的小房間，老太太吐出的煙霧在窗戶射進來的光束中像灰塵般散播開來。聖母像被煙霧籠罩著，但似乎也無可奈何，只能一動也不動地佇立在那裡。

姑姑說：

「原來如此……但是，您為什麼將布拿開了呢？」

老太太回答：

「我想問個明白……」

她呵呵笑了出來，同時露出因吸菸而薰黑的一口參差不齊的牙齒。姑姑詫異地跟著笑了，問她：

「是嗎？那麼聖母回答了嗎？」

聽姑姑這麼問，老太太又笑了，但卻是帶著羞澀與靦腆的微笑，她答道：

「要信了才會回答吧。不是有句話說，心中如果有信仰，山也能移動。所以啊，如果我信了，聖母像也會說話的，不是嗎？山都能移動了，這比移山來得更容易吧，也比較不會驚動大家……不會給什麼人帶來麻煩。所以我最近開始去上教理班。」

「老太太您真樂觀啊，這陣子您一定很辛苦。但還能聽您這麼說……」姑姑笑著說道。

這老太太說的是聖經裡的內容，我小時候在主日學聽過。當時小小年紀的我相信聖經說的，你們心中如果有信仰，高山可移動，丘陵能挪去。但是當我落在那個人手裡，像隻小燕般哭泣，死命祈禱的時候，神卻對我不理不睬。那時候明明我是有信仰的，我相信天堂、地獄、天使、惡魔，全都相信，可是那個時候除了惡魔以外，其他都不在我身邊。

「修女，我不是開玩笑，我希望我學了教理、受洗之後，聖母能回答我，所以我最近常上教堂。這樣也比較不會對不起曾經幫助我們的幾位神父……對了，聽說金神父得了癌症？」

老太太問道。

「是啊，已經動了手術，目前正在休養。」

「真是的，看到這樣的事，讓人懷疑上帝是不是真的存在。為什麼做善事的人會生病、被殺害，世上的壞人卻個個逍遙自在……每次想到這，覺得宗教好像是騙人的玩意兒。」

老太太真心話講到一半，看到姑姑的臉色變得有些難看，便趕快轉移話題。生活在中下階層的人，習慣看別人的臉色行事，就好像下人對主人的隨便一個手勢都會很敏感。老太太立刻轉回類似卑躬屈膝的語氣，說道：

「我那乖巧的女兒二十三歲就守寡，一直以來，她為了讓我還有她的孩子溫飽肚子，每天睡不到三個鐘頭，手粗得像砂紙，除了賣身，什麼工作都做。可是為什麼要讓她死呢？我想問上帝……就算要她死，又為什麼非要讓她那樣死在那個壞蛋手裡呢？那個鄭允秀，名字我永遠也忘不了，我要親手把這壞蛋撕成碎片，讓他比我女兒所遭受的還更痛苦、更慘、更可怕……修女，我非要親手把他碎屍萬段不可，即使我會下地獄。那樣做了之後，我就算下地獄也能安穩睡覺了。我想問上帝，我可不可以那樣做。如果上帝有良心，應該會讓聖母回答吧。如果上帝有良心的話……」

老太太的聲調變得激昂，手拿香菸在半空中揮來揮去。她的雙手像耙子般，黝黑而且粗糙。從剛剛我們進屋時就一直在她臉上的低聲下氣的神情已然消失，如今像隻咆哮的猛獸般氣勢凌人。姑姑的表情此時變得十分慘淡。

我覺得姑姑真是可憐。去看守所的時候，像哀求鄭允秀似的，對他說什麼「我錯了」之類的話語，當時我沒能察覺到她的可憐，但現在我覺得她真的很可憐。上次姑姑是偽善的資本主義者的代表，向鄭允秀道歉；今天姑姑來到此地，一副殺人者代表的模樣；而此刻，又變成那毫無正義且殘忍的神的特使，在人前低頭。再過不久，姑姑可能會如媽媽所說的那樣，成為修道院的院長，在回響著優雅聖歌的修道院後院祈禱。或者會成為天主教醫院的院長也說不定。但她年紀都這麼大了，有必要這樣嗎？連我都想好好問一問聖母了。

老太太說道：

「之前修女您打了好幾次電話，我都說不想見面……但每次掛了您的電話，那天就會睡不著，因為我總是想到那一天。警察叫我去認屍的那天，我看到她全身到處是刀痕……我一直想著，她……會多麼痛啊，多麼害怕啊，多麼不甘心啊……我想到就怨恨，想到就悲哀。」

老太太彷彿嫌眼淚怎會哭到枯竭後又再流出來似的，一把抹去眼淚。她繼續說道：

「到底我女兒、我、小孩子……上輩子是犯了什麼罪啊，為什麼上帝要這樣懲罰我們……真的沒想到會這樣……我女兒去那裡幫傭才第三天而已，之前是在一個有錢人家裡幫傭，但雇主很可惡，破產之後就跑路了，連積欠我女兒的工資也沒付。不得已，我女兒改到工地去幫忙塗壁紙，弄到腰都受傷了……好幾個月不能工作。然後有人介紹她去那個寡婦家裡幫傭，她多高興啊……雖然那寡婦脾氣很糟糕，但總比工地好。那件事發生的前一晚，她一直在喊腰痛，整夜都沒睡。我叫她休息一天，她說怎麼可以不去，硬是要去，結果卻出事了……那天要是她顧自己身體，偷懶一下，就不會遭遇到……」

老太太又流眼淚了。她用被香菸薰黃的手指一把抹去眼淚。

「……小孩子過得好嗎？」

姑姑似乎想讓老太太平靜情緒，沉默一會兒之後，如此問道。老太太嘆了一口氣，同時把香菸移到煙灰缸去輕輕弄熄。看她流著眼淚還小心翼翼地把香菸擱在菸灰缸邊沿上，可見她打算等一下還要再抽。

「小的是兒子……還是學生。今早吃過飯後，就到圖書館去了。」

「大的現在是不是二十歲？我記得是女孩。」

老太太的臉上閃現一絲陰霾，她想開口，但嘴唇先就顫抖了起來。

「她媽出事之後，大的就出外去工作，不住家裡了。每個月寄一次錢回來。我沒問她在做什麼，就算問了，我這老人又能怎樣？讀書的話，大的比較會讀書……但是她媽媽死了之後就得休學了……我猜她可能是去酒店上班。」

莫尼卡姑姑的嘴邊呼出了一聲嘆息。老太太把剛才擱在菸灰缸的香菸重新點燃，同時開口說：

「修女，我有件事求您。」

「不管是什麼事，儘管說吧。」

「修女，那個壞蛋……請讓我見見他吧。」

真是出人意料之外的話。莫尼卡姑姑的表情突然僵住。老太太又說：

「讓我見見吧，我這老人不是隨便說說的。」

「老太太……那個人現在也很痛苦。我不求您原諒他，上帝會諒解的，但是，請再等一段時間……只要再過一段時間……讓雙方彼此的心都稍微靜下來再見面吧。」

莫尼卡姑姑彷彿在哀求似的，苦勸老太太。老太太似乎聽著，也似乎沒聽進去，繼續說道：

「事情已經快過兩年了，常到看守所的那位神父來過這裡一次，他說……」

我們都沉默了一下。

「那位神父說……那孩子是個孤兒，有個瞎眼的弟弟，但病死在路邊了。從小就沒了父母，在孤兒院裡長大，一個家人也沒有。神父走了之後，我想了很多，想了又想，想來想去……想到我女兒死後留下的兩個孩子現在也是孤兒，大的到酒店去上班，不會有人因為她是孤兒就照顧她的，這個世界就是這樣，我很清楚……那傢伙是孤兒，從小就沒媽媽，和弟弟兩人相依為命，一定都沒人照顧的……修女，我現在每次做飯的時候都留了一點米，年節就快到了，我想做點年糕，帶著去看他。」

「嗯，這……」

姑姑像要在狹窄的房間往後退似的，一副為難的樣子。我聽了這番話，也是頗感驚訝。老太太見姑姑面露為難表情，握住姑姑的手，說道：

「修女，我不是想去做什麼壞事。等時候到了，國家會將他處死，在他死前，我要去看他。我這老人沒什麼知識，會的沒幾樣……但我去就是想告訴他：『你這傢伙，我是你殺的那個女人的媽媽啊！』然後，講完這些，我想要寬恕那個傢伙！」

莫尼卡姑姑一臉吃驚，我想我的表情大概也差不多吧。

「我想要寬恕那個傢伙。我從小也是孤兒，在世上無親無故，沒老公，我自己一個人把女兒撫養長大，所以我知道那是什麼感覺。每到過年過節，有多麼孤單啊……就算是殺人犯，對他們來說，再怎麼樣也是有春節的啊。而且有可能看不到下一個春節，搞不好今天會死，也搞不好明天會死。想到他要死了，我會樂得想說：『好啊，活該！』但是如果殺了他，我死去的女兒就能活過來的話，那我要去殺他，即使我會被處死一百遍也沒關係……如果殺了他，我孫子孫女所受的心理傷害就能抹去，那我要去殺他，反正我這老人已經沒有什麼好怕的了……可那是不可能的。所以我要去看他，讓他一個人可以……可以平靜地死……想到要讓他平靜地死，我不甘心，但是我還是選擇原諒。」

「老太太，寬恕，並不如您想的……不如您想的那麼容易……」

莫尼卡姑姑顯得非常不知所措，我第一次看到姑姑這樣。也是第一次看到姑姑吞吞吐吐說不出話來。

老太太眼見姑姑幾乎手足無措的慌張表情，像是無法理解似的，突然提高了聲調：

「耶穌不是教人要那樣做嗎？神父說的，修女們也這樣跟我說，來這裡看我、送我聖經、唱聖歌的那些人也這樣說，他們說他們學多了，有聽到上帝說話，說要寬恕。不是你們說的嗎？要我寬恕！寬恕我的仇人！即使寬恕七次、七十次，也要寬恕，不是這樣說的嗎？」

莫尼卡姑姑像突然失去重心似的，一手撐著地板，緊咬嘴唇。我靠近姑姑想攙扶她，但她推開了我的手。姑姑哭了。

靜下心來，不抱任何希望地等待吧，
因為那希望會是對錯誤事物的希望；
不帶任何情愛地等待吧，
因為那情愛會是對錯誤事物的情愛。

——T. S.艾略特（T. S. Eliot）《四個四重奏》

藍色筆記8

我和恩秀又被丟回了孤兒院，在孤兒院裡，我仍然是最暴力的孩子，仍然經常惹禍，只是我不再因為恩秀而受苦。我已經長大了，和所謂的壞朋友在一起，群結成幫派。只要待在幫派裡，就有勢力，不僅別人不會欺負我，連恩秀也沒人敢欺負。學會吸食強力膠之後，強力膠如同我的聖經；手淫如同我的聖歌。聚眾滋事的孩子幫的肩膀就是我的法律和國家。十三歲的時候，我就已經把蹺家的女孩子帶回去同住，並在哥哥們輪姦那女孩時負責把風。有一天，有個力氣比我大的哥哥要我去超市偷他想要的東西，我不從，於是他們開始排擠我、欺負我。他們的勢力實在太大了，我自己都難以自保，何況是恩秀。從此，我們兄弟倆經常挨餓，而且成了他們每天嘲弄的對象。有一天，我終於下定決心，趁著孩子們都睡著時，把那個哥哥打得半死，然後拉著恩秀逃離孤兒院。

逃走的那天晚上，我們走在首爾街道上，又餓又冷，不知道該往哪裡去才好。我們在市場一角的垃圾桶旁翻找，看看有沒有什麼能吃的東西。找著找著，恩秀說他很害怕，說他覺得回孤兒院還比較好。我很生氣，但是強忍著不表現出來，跟恩秀說：「我們唱歌吧！」恩秀喜歡唱歌，便開始唱歌了。他眼睛不好，沒上學，但因為孤兒院朝會都要唱國歌，所以他會唱的歌只有國歌這一首。於是我們開始唱起了國歌。直到東海水乾涸，白頭山磨平，天神保佑，我國萬歲……恩秀甚至能唱完四段歌詞。寒冷的夜晚，我們一面唱國歌，一面看天空。一顆顆的星星好像冰冷冷的爆米花一樣。恩秀唱完國歌，笑著對我說：「哥，我們國家很好，對不對？每次我一唱這首歌，就覺得我們會成為優秀的人……」

8

早上醒來時，頭痛欲裂，金黃色的陽光透過白色蕾絲窗簾溜了進來，探到我躺著的床頭。我一時之間記不起自己身在何處。等到看見窗外高高的木棉樹，才想到這是我以前的房間。可是我怎麼會在媽媽住的房子裡？姑且不想這個，現在我只覺得口乾舌燥，好渴啊！我想起這房間是我第一次割腕自殺的地方。

當然我知道，天主教是不允許自殺的。從小上教堂的我，每次學校要我們填家庭環境調查表時，我都會毫不猶豫在宗教欄填上天主教。出生後不久，我就被爸爸抱在懷裡上教堂受洗，當時取了一個教名，不是維貞，而是希維亞。在那個年代，教規很嚴格，自殺死亡的天主教徒是不能夠在教堂舉行葬禮彌撒的，因為自殺等於是將上帝賜予的生命當作是自己的而任意殺害，自己就是謀殺自己的殺人犯。在學習教理時，修女曾告訴我們為何自殺是殺人。

修女問我們，有誰是自己說要出生就出生的？請舉手；又問我們，要生為男生或生為女生是自己決定的人，請舉手……等等這類的問題。那時正值青春期，我對自殺想了很多，最後的結論是，我沒有權利殺死自己。我不知道為何我的胃會消化不良、為什麼會有生理期、為什麼會腹瀉、為何肚子痛、為何心臟會跳動、生物課學的荷爾蒙為何某一個時段就會分泌而某一個時段又消失……我一無所知。最重要的是，我自己的生命不是自己製造出來的，因此我能支配的只有比大腦還小的範圍。當時我在經常使用的寫字夾板上寫下笛卡兒的名言：「我對自己唯一可以隨心所欲去做的事只有思考。」我一度認為，我不是自己的主人，如果殺了我自己，就是殺了人。雖然有過這樣的結論，但沒過多久，我在這房間割腕了。那時我只有一個感覺：懂得很多知識也無法阻止絕望。而且我還領悟到，笛卡兒是錯的——連思考也不能隨心所欲，而且比其他一切還更不能隨心所欲。

我起身下樓，想找水或果汁來喝。大約在我剛進高中時，爸爸買了這區的地皮、蓋了房子，如今這區域到處都是高樓大廈。以前高樓不多的時候，這裡較偏僻的地方有很多旅社，名字都是叫「XX場」。當時，大哥已經結婚搬到外面去住了。有時候我會一個人從家裡走到大伯家去，幫媽媽跑腿拿東西。雖然現在我的身高不算高，但在當時，我彷彿把這輩子該長的高度都先長完了，比一般同齡的孩子要高許多。好像是國中一年級的暑假吧，我穿著連身裙，幫媽媽跑腿拿東西，路上遇到一個穿軍服的陸軍軍官向我搭訕。他滿嘴酒氣，對我說：「小姐，跟我一起去那家咖啡廳喝杯茶吧！」我回說：「大叔，我是國中生耶！」他愣了一會兒，像是感到荒唐地仰頭笑了。我也笑了。回家我跟媽媽講這件事：「媽，有人想追我呢，是個當兵的大叔。」媽媽當時怎麼回答的我已經想不起來了，反正不是什麼好聽的話。兩個哥哥在吃飯，你一句我一句地開我玩笑，「看來那傢伙是喝得太醉了，可能不省人事了唷！」「他是逃兵吧，想抓個小朋友當人質是不是啊？」現在想起來，那時我身高已經跟成年女人一樣高，腰部也有了曲線，雖然胸部還沒發育好，但也已鼓起來了。不是小女孩，是中學生了，如果有男人來追求我，應該會心情不錯才對，但偏偏是個喝醉酒的軍人，心裡頭覺得怪怪的。難道這是我的命運嗎？

我一步一步下樓梯，腦子裡卻想到那個把我逼入死亡絕境的人。一邊下樓梯，想到當年每次走這樓梯時，都在想：「該怎麼做才能死？」反覆想著各種方法。

樓下電話鈴聲響起。

「維貞嗎？還在睡吧，啊，她下來了。」

媽媽看到我走下樓梯，就將電話遞給我。電話那頭是大哥，我叫了聲「大哥」，大哥隨即長嘆了一口氣，不由自主地，我也跟著嘆了一口氣。他問道：

「記得昨晚的事嗎？」

大哥的語氣像是考慮了很久才打電話給我。

「嗯……多謝大哥。」

大哥的嘆氣聲再度從電話那頭傳來，他說道：

「原本我想好好教訓你一頓的，但看在今天是媽媽生日，算了。媽媽動手術才剛過一個半月，我擔心她又病倒……而且我也沒跟其他家人說。」

「謝謝。」

「維貞……你畢竟是成年人了，我本來不想說的，但晚上我們還是談談吧。媽媽身體有病，你別再惹她不高興了，好好在那裡待到晚上。我剛剛打過電話給姑姑了，從現在起，你別再去見死囚什麼的，不要再去那裡了。」

「什麼意思？」

大哥沒回話就掛斷電話了。剛才雖然向大哥道了謝，但其實我記不得昨晚發生了什麼事。

我一邊倒果汁，試著回想，試著把腦中記憶的迴路盡量喚起。昨晚先去參加小學同學聚會，喝了酒，吃完第一攤，再共同續第二攤、第三攤……然後有人勸我別開車，但我堅持開車回家，所以上了車。然後警察局……記得我在那裡大吼大叫的，還記得，有個五十多歲的矮個子警察對我說：「女人三更半夜的在外面喝什麼酒，全該抓去槍斃。」我聽了勃然大怒，好像對他大喊：「你說什麼？別太過分！」還歇斯底里地大吼：「就算我犯了法，我還是有人格的啊，你憑什麼說我應該被槍斃？那是大韓民國文明政府的警察該說的話嗎？抽呀，抽我的血呀！看我喝醉了沒！」就這樣，我在警局大鬧。然後我好像打電話給大哥，看到大哥時，我問他：「哎呀，哥，你怎麼知道我在這裡？」警察局的人在大哥背後指指點點的，說：「這女人是不是瘋了？」我一一回想起昨晚那些不愉快的事。現在想起來，簡直懷疑那真的是我嗎？雖然我平日總是口沒遮攔，但我竟然當著別人面前發酒瘋，而且是在警察局裡……以後我大概沒臉再到梨泰院附近去逛了。當醉意像潮水般退去時，記憶就如海邊黑黝黝的岩石般清楚地露出輪廓。

我記得，今天凌晨，我好像哭了……會這樣想，是因為只有我和大哥兩人在車裡，但一直聽到女人的哭聲在我耳邊回響。大哥不是女人，所以哭的人應該是我。話說回來，舅舅說過「你哭一哭會比較好一些」，應該是這樣我才哭的。大概因為哭過的關係吧，酒醒了些，接著便和大哥發生了一些口角。記得我先跟大哥說：「有囚犯是半年內保管金不足一千元」、「我快瘋了」這類的話。「因為那些死囚的關係，我快瘋了。哥，幫幫我……因為那些人，我快被逼死了。」對大哥而言，我這個妹妹前不久才鬧自殺，還單方面提出解除和他學弟的婚約，現在又因酒駕鬧到差點要備案留下不良紀錄，想來，大哥到警察局領我出來的心情一定非常不好受吧。除了爸爸，大哥是最疼我的人了。我們兩人年紀差很多，我小時候他常背我，像對姪女般疼愛。至今我還記得大哥年輕時結實而溫暖的背。

大哥對我說：

「我當檢察官這些年來，看到一些混蛋前科累累，強姦了小女生，殺死了老人，在法庭上仍然沒有一點悔意，我常覺得，和他們活在同一個天空底下是種恥辱！感覺死刑這種制度太過文明了！有時候我看著他們，會不由得懷疑那種人到底是人還是禽獸。我知道這樣想不對，但是我真的認為那些人一出生就注定是惡魔。那些人……他們沒權利擁有生命，都是禽獸！」

我一邊回想，一邊望著媽媽家有著溫暖陽光照耀的庭園，同時喝著冰涼的果汁。我推想，大哥是因為看到一向不哭的我哭得亂七八糟，還聽我說因為死囚而快被搞瘋了，他才會說這麼一段話的。他看我跟著姑姑之後似乎受到更大打擊，怕我真的死掉而擔心我。為了安撫喝醉酒情緒激昂的我，大哥好像說了：「是啊，我也因為姑姑很頭疼。我知道她的心情，但她動不動就來找我，要我在重審時可不可以怎樣怎樣的，又要我遞交請願書給法務部長官，把死刑減為無期徒刑……我也快頭疼死了。」我知道大哥是好人。他一向是個有良心的檢察官，不論誰私底下請託，他都不接受，以鐵面無私聞名，所以他比其他同輩高升得更快。可是儘管酒醉了，也或許因為酒醉吧，聽到他說禽獸，我很不高興。我回了他：

「可是我上大學的時候，有一次去檢察廳的辦公室找你，在門口就聽到裡面有慘叫聲，我不敢進去……這件事大哥你還記得嗎？後來才知道，那是把囚犯倒吊在天花板，懸空轉來轉去，拷打問口供的聲音……你看到我在辦公室門口站著發抖，嚇了一跳，帶我去一樓的咖啡廳。你向我解釋說你不是那樣的檢察官，你也叫同事別這麼做，可是課長還是那樣……大哥，你也沒有上去阻止他們拷打犯人啊。我想到那件事，那個課長、還有大哥你，就算大哥不是那種檢察官，那麼其他檢察官……到底是人還是禽獸。」

大哥用難以置信的眼神看我。我繼續說道：

「我常常遇到的一些人，我不知道他們到底是人還是禽獸。在夜總會裡，明明是有許多人在場，有些人卻以為自己付了錢，就可以大剌剌地做那些本該在私人空間做的事，當眾把手伸進小女孩的短裙裡隨心所欲摸來摸去，然後灑錢了事……那種人到了隔天早上，嘴裡還殘留前一晚淫蕩的味道，卻張著那嘴巴，高談闊論什麼神聖學問、什麼社會財富分配不公的大道理。在大學裡我就看過那種瘋子……聽說他們還一群人到娼寮去找被賣到那裡的可憐小女孩，脫光她們，要她們在桌上做一些荒淫殘虐的各種性器官行為，自己在一旁觀看，你相信嗎？去法國留學的時候，法國同學問我：『聽說韓國的民主運動者如果被捕，國安局或者國軍機務司令部的人會把他們的手臂拉到快要脫臼，還會脫光衣服、吊起來拷打，甚至還會對女學生進行性拷問，這是真的嗎？』雖然這些和我沒有直接關係，但是每當被問到這種問題，我實在羞愧萬分。那時我也想過：那些人到底是人還是禽獸……至於殺人犯呢？當然是禽獸。無庸置疑的，殺人犯當然是禽獸。那麼，大哥，你也該回答我啊，我剛剛舉例的那些人，最有可能進化成人類的是哪種禽獸？」

一般喝醉的人根本不理會對方的表情，我當時也一樣。大哥不發一語，只是開著車子。我繼續說道：

「那我給你暗示哦。第一種人，犯了罪之後，不管是什麼情況下認罪，反正就承認自己犯了罪。第二種人，不但不覺得自己有罪，甚至說自己是個不錯的人。前面那一種，他們至少會因為幾次錯誤而一輩子受罰；另一種人，反覆犯罪，卻一直認為自己是很不錯的人……那麼，最後認為自己無罪的，是這兩種中的哪一種人？」

「你怎麼一點都沒變？到底你現在幾歲了？」

大哥怒氣沖沖地問道。我回他：

「十五歲。」

我咯咯地笑了。大哥望著我的神情和剛才在警局的那些警察很像，一副當我無可救藥的表情。他拿出香菸，叼在嘴裡。我把他嘴裡的香菸搶過來，點燃之後開始抽了起來。他只是嘆了口氣，什麼話也沒說。我繼續說：

「十五年前，那年過年我幫媽媽跑腿去大伯家，那天我遇到的事，我們家裡沒有一個人關心過。你知道我為什麼會變成這樣嗎？我為什麼吃安眠藥、割腕自殺三次？我不懂的是，我真正無法原諒的是，不只媽媽，連幾個哥哥，甚至爸爸，都把那當作從未發生過！就好像今天，身為檢察官的哥哥你來了，原本該做筆錄備案的我卻像沒酒駕過似的被放出來，兩者是一樣的情況！當時我快死了，不，如果我當時能死就太好了……可是所有人都閉嘴不談，當作從未發生過。沒多久我就了解了，了解為什麼你們會這樣。因為當時大伯身為執政黨國會議員，如果沒有大伯，我們家的事業就會完蛋，只要沒有大伯幫忙，爸爸就無法逃漏稅，不能非法招標，不能中飽私囊，什麼都不行！」

「別再說了！」

大哥似乎已經忍無可忍了。他搶下我嘴裡的香菸，放到車內菸灰缸使勁弄熄。如果我就此退縮，我就不叫文維貞了。我繼續說：

「那時我才十五歲……我為什麼想死，而且現在也是，你知道了吧？我們家，媽媽、爸爸、哥哥們……都認為我不如那些名利重要……家人是怎麼對待我的，是怎麼讓我生不如死的，你知道嗎？這樣的哥哥居然說那些人是禽獸？敢在我面前這樣說！」

大哥突然將車迴轉，由於身體猛然晃動，我一時講不下去。好像聽到大哥說：「不行，你今天要是一個人獨處，又會出事。」

我聽到媽媽的鋼琴聲，是蕭邦的〈離別曲〉。媽媽坐在客廳的大型平台鋼琴前，只見到她的背影。曾幾何時，她花了大筆金錢想要瘦身減肥，如今身體就像被誰剝去了厚厚一層似的，顯得非常消瘦。一想到年近七十的媽媽即使沒有罹癌，年老之後很快也會離開我們，心裡頓時覺得感傷。面對死亡時，還有什麼不能和解的呢？面對死亡時，還想要緊抓住的是什麼呢？……大概什麼都會放下吧，更何況是厭惡之情。我聽到她跟朋友說，她的一邊乳房被切除，這是身為女人的一種恥辱；還說，不知道癌細胞什麼時候又會再長出來，如果要重塑一邊乳房，需要兩千萬韓元。當時我調侃她：「難道您要去選韓國老小姐嗎？」還說：「如果用那兩千萬，給半年內保管金一毛錢也沒有的囚犯每人一萬元，那能給很多人。」話一出口，我被自己嚇了一跳，沒想到我竟會拿這事來比較。

媽媽今天穿了深粉紅色的絲綢襯衫，上面圍了相同材質的長披肩，肩膀隨著樂聲晃動。或許是因為這感傷的氣氛吧，媽媽的演奏不像以前我想掩耳不聽的那種難聽程度。在演奏結束時，我甚至拍手鼓掌了。我聽到在廚房工作的女傭也鼓掌了。媽媽像真的在舞台演奏的優雅鋼琴家，微笑著又開始彈奏另一首曲子。

我討厭媽媽和家裡其他人，他們有錢，但是常為了掩飾自己的庸俗而一副「我不只是有錢也是藝術家」的態度；更令我討厭的是，他們骨子裡根本就是孤獨、夜晚經常可憐獨處，卻有很多時機和工具可加以掩飾，因此鮮少有機會去發現自己是孤單、可憐、被孤立的人。換句話說，他們總是失去面對生命的機會。

我走近鋼琴。以前我非常受不了媽媽這樣彈鋼琴，發生那件事之後，只要媽媽這樣彈著浪漫的曲子，我就會摀住耳朵跑回自己房間，把音響開到最大聲，狂放搖滾樂。是因為媽媽的關係吧，假若媽媽是流行歌曲的歌手，我大概會聽古典音樂吧。媽媽會大喊：「吵死了！吵死了！」如果見我沒反應，就會衝上二樓我的房間，我就趕快把音量調小，用平靜的語氣問她：「什麼事？」她要我「小聲點」，我就回她：「不是調小聲了嗎？」接著她會說：「我真快瘋了，怎麼會生下你來受罪呢？我怎麼會生下你呢？……我上了年紀才懷你，當時醫生勸我時，就該拿掉才對！你爸爸說你是上帝賜給我們的孩子，堅持不拿掉，才生下你……」我不跟她吵，表面上像是我贏了，但媽媽不知道我內心當時流了多少血。當時我甚至詛咒了禁止墮胎的宗教。記得聖經裡約伯說過：「我成為肚中胎兒的那一夜，愿能得到詛咒！」「為何不讓我胎死母腹？或一出母胎便斷了氣？」約伯激昂的語氣，我很喜歡。等確認媽媽已經下到一樓之後，我就再把音量調大，這是為了報復我內心的流血。有時我會跟媽媽頂嘴：「我什麼時候要求出生了？」媽媽則會回答：「我想生你才生的嗎？如果知道是你，我就不生了！」「就算你爸爸阻止我也該去醫院拿掉……」我反問她：「那時不拿掉肚子裡的我，現在我替你殺死……但你為什麼要阻止？」她說：「幹嘛要阻止？是希望你要死就死在我看不見的地方。在我看不見的地方！到我無法阻止你的地方去死吧！」當年我們母女就是這麼對話的，接著，我房裡無辜的花瓶或唱片就會遭殃。現在我都三十歲了，看到年近七十的媽媽在彈蕭邦的〈第一號鋼琴協奏曲〉，我倒是想問她幾句話。

「別讓我分心！彈這曲子必須聚精會神才行。」

我才走近，她就用如往常一樣的語氣說道。這令我想起小時候的一幕。那天家裡來了很多客人，當客人坐下來準備聆聽時，媽媽身穿一襲淡紫色的演奏會禮服，彈奏的好像就是這首曲子，但彈到一半，她卻哭著跑了出去，嘴裡好像還說了句什麼話。有客人問：「她怎麼了？」另一客人說：「她剛剛說，無法再彈了，因為太悲傷而無法再彈下去。」爸爸笑著說：「我太太是學藝術的，比較多愁善感，連唸詩也會哭……」接著，客人都發出不置可否的笑聲。當時我覺得很丟臉。爸爸一定也常因這個曾是鋼琴家的妻子感到精疲力盡吧。當然會這樣囉，媽媽是畢業於一流女子高等學校，爸爸則只是畢業於商業高等學校。雖然我不太確切知道什麼是一流，但姑姑會對媽媽疏遠，想必是因為憐憫她哥哥的緣故。

我安靜地等待媽媽彈完這首曲子。或許是因為昨晚我不知不覺流了眼淚的關係，我的心似乎比任何時候還更寬容媽媽，就像陽光不論對好人或壞人都一視同仁光芒普照，眼淚這東西真的發揮了一些效果。我主動開口說道：

「媽媽，生日快樂！禮物還來不及買……坦白說，我不知道今天是您生日……先祝賀您，禮物稍後再補上。」

「你沒祝賀我生日也沒關係，禮物也不需要，只要你別讓我煩心就可以了。」

「那還是要祝賀。讓您煩心但有祝賀，總比讓您煩心卻不祝賀要來得好吧？」

「你又怎麼了？我是很怕你的，怕死了。上次在醫院病房你不是破壞了點滴瓶嗎？那時你瞪我的眼神簡直就像你死去的奶奶附身。」

又來了！每次只要一開始說我像爸爸那邊的親戚，就不是什麼好徵兆。到底媽媽去教堂都祈禱些什麼呢？一直以來我都很想問她這個問題。但我該忍一忍，畢竟今天是媽媽的生日。我問她：

「媽媽，您這輩子什麼時候幸福過？」

媽媽噗哧地笑了。

「你是問我，有沒有什麼時候感到自己真的好幸福，是嗎？」

我今天想跟媽媽聊一聊。面臨死亡的媽媽，不知何時可能會因癌細胞擴散全身而在醫院臨終，在她生日的今天，我這個很久沒回家的女兒想和媽媽看著陽光普照的庭園，來一場真正的母女對話。我想對她說：「媽媽，我從小到現在，沒有過什麼很幸福的記憶，雖然別人買不起的我都擁有過，雖然別人吃不起的我都吃過，別人穿不起的我都穿過，但是媽媽你可知道，我不記得有過幸福的感覺……」或許因為我溫柔的語氣不同於以往，也或許因為她雖從小嬌生慣養目中無人，但生性並不壞，媽媽竟用出乎意料的柔和聲音回答：

「我哪有什麼幸福的時候呢？年輕時忙於照顧你那個患老年失智的奶奶，成天擔心你爸爸事業會不會失敗，把三個男孩養大之後正要重新開始彈琴，你卻不知從哪裡蹦出來，只好又放棄鋼琴，但你卻處處讓我煩心。至於今天，雖然是我的生日，才動手術沒多久的身子卻不知何時會病情復發，而我那三個媳婦倒連個人影也看不見，你不也看到了？」

又來了！我很想長吁一口氣。媽媽凡事都看不順眼。明明她已經擁有世上所有好東西了，還這副模樣。爸爸在世的時候，怕媽媽洗碗會不小心把手弄傷，就可能無法再彈她喜愛的鋼琴了，所以從沒讓媽媽洗過一只杯子。儘管如此，媽媽還是老在抱怨。我對她說：

「三個大嫂都很好啊。鋼琴家、醫生、演員！大嫂可能因為要開演奏會了，正神經緊繃著，二嫂可能在醫院忙著工作，三嫂她不是又懷孕了嗎？媽媽您常在朋友面前炫耀她們的呀，『我三個媳婦啊，鋼琴家、醫生、演員……』媽媽您的朋友多麼羨慕你啊……況且，至少還有一個不成材的女兒嘛，我又不忙，一大早就祝賀您生日了，不是嗎？多值得慶幸啊。」

「哼，你別來煩我！昨晚喝醉酒，還讓你大哥背回來，幹嘛一大早又這樣？我好久沒彈琴了，你就讓我安靜一點吧，別來惹我生氣！」

「我什麼時候惹您生氣了？我是在祝賀您生日快樂！」

「我只要一看到你就頭痛，吃什麼都沒胃口！還有，既然要聊，我順便問你，到底姜檢察官哪一點讓你討厭？」

我咯咯笑了出來。一邊笑，一邊想，真是江山易改本性難移。我也是一樣，昨晚大哥說得對。即使媽媽面對死亡要動手術了，而女兒剛從死亡邊緣被救了回來，回到久違的家裡和媽媽一起共度早晨時光，兩個人卻還是本性不改。世上不會變的大概就是人的本性吧。

「我也和媽媽一樣，不喜歡那種不是書香門第出身的男人。媽媽您不也是嗎？所以才一輩子看不起爸爸和姑姑。我呀，怎麼看都像媽媽。」

我用咬牙切齒的語氣答道。媽媽原本隨著節奏晃動著肩膀，這時突然望向我說：

「你真像極了你姑姑！」

儘管想忍下去，但從小累積下來的情緒卻在心裡翻騰、一湧而上。她這咄咄逼人的口氣，我再待下去一定沒好事。雖然今天是她生日，但我們母女之間那道經年累月砌起的厚厚高牆似乎也不會因此而有所改變。要想摧毀那道高牆，可能需要更長久的時間。不，如果無心的話，時間會有用嗎？只要有心，即使只是很小的心意，也能輕易摧毀那道積習久遠的高牆。不管是媽媽的生日，或是媽媽的忌日，只要無心，我們的關係就不可能變好。我一邊逃離鋼琴，一邊大喊：

「我是像媽媽！以前我也認為自己像姑姑，但其實……是像媽媽！我們兩個太像了，所以我才這麼討厭自己！」

媽媽似乎忍不住了，她用力敲擊琴鍵，發出「砰！」的一聲巨響。

我如往常一般，扮演我熟悉的不孝女角色。這下子媽媽一定會在晚上的家庭聚餐時刻對哥哥們控訴我是如何在家傷透了她的心，如何毀了她的生日，如何縮短她的壽命，最終會如何讓哥哥們吃虧等等這類沒完沒了的話。想必嫂子們一定得盡量隱藏住厭煩的表情，莫可奈何地咀嚼餐桌上的食物。而哥哥們一定因為媽媽才剛動過乳癌手術，認為媽媽老邁體弱，該在她生日這天好好盡份孝心，大概都會努力發揮耐心一直聽到最後吧。但媽媽怎麼可能不囉嗦呢？晚餐終究會結束的，在晚餐結束後，他們就會像上了不喜歡的課而終於挨到下課鈴響的學生似的，一個接著一個找藉口離開。再來，媽媽會像晚間例行問候般，開始對女傭大呼小叫，挑剔所有小毛病，然後才結束這一天。媽媽其實是想要有人關愛，也想要關愛人，是因為很孤單，所以需要有人在身邊關懷她。只是這些話她都說不出口，只會抱怨，說碗盤缺了角，說玻璃櫃沾了灰塵之類的話。我實在無法在那個家一直待到晚上，於是就像個和媽媽吵架後離家出走的青春期少女，故意用力大聲踩踏樓梯，到二樓拿我的包包。拿了包包正要出門，突然覺得一陣作嘔，我知道肚子裡有東西在作怪，我要吐了。

誰都有自己的悲傷，這是自己無法給別人的財產。
什麼東西都可以給別人，只除了自己不能給別人。
誰都有自己的悲劇，那悲劇永遠是自己的傷痕。
淚水的河，悲傷的河，痛哭的河，
悲傷不同於財產，悲傷會公平地分配給所有人。

——朴三中僧侶

藍色筆記 9

從此，我們就像濕漉漉的垃圾一樣，生活在都市的陰暗巷弄裡。在那裡，有和我們一樣的孩子，由一個看起來約四十幾歲的大叔管束，那個大叔提供我們睡覺的地方，所以我們必須負責到各個地鐵站和市場裡乞討。我先在草紙上面寫：「弟弟眼睛瞎了，因為小時候在鄉下吃錯藥才弄瞎的……」徹夜寫了很多張當作宣傳單，然後隔天發給路人，有些好心的女人或男人就會給我們兩兄弟錢。

就這樣日復一日，有一天，恩秀的生日到了，我問恩秀想吃什麼，他說他想吃速食碗麵。恩秀很喜歡吃速食碗麵。但是那個叫做「黑人」的四十幾歲大叔卻只願意給袋裝辛拉麵，因為速食碗麵的量少而且價格很貴。

一天晚上，我到平常徘徊的市場入口處的一家雜貨店，偷了一箱十碗裝的速食碗麵，被老闆發現了。老闆喊叫的瞬間，我拿著一箱速食碗麵拔腿就跑，但沒想到站在附近的恩秀卻被抓到了。老闆不分青紅皂白就開始打他，恩秀一邊哭，一邊喊哥哥。如果只有我一個人，再怎麼樣我都逃得掉，但我不能丟下弟弟不管；所以我回去把那箱速食碗麵還給老闆，請他原諒。可是老闆說速食碗麵被偷已經是第十箱了，堅持把我們送到派出所，還說：「要讓你們這種人重重受罰，不然學不乖。」不管我再怎麼解釋，說這是第一次，我們還是被當作偷了十箱速食碗麵的小偷，恩秀被當作是共犯，一起被移送到少年收容所。當時我心裡下了一個決心……

我再也不求人，不再向人哀求。在這個世界上，要活下去只有一個方法，那就是有錢又有勢力。

9

記憶是很神奇的，記憶能讓人看到事情發生當下沒見到的很多東西，就像舞台表演時，燈光投射在角落做小動作的配角身上。記憶讓我們重新看待當時的那個瞬間，而讓當下有了不同的價值。甚至於，那價值有時可能和我們相信的記憶互相矛盾。

現在我又得再去那間會面室了，那間我初次和他見面的會面室。當然，除了那裡，我和他不曾在別的地方見過面，也就是說，之後的會面也將在同一個地方以類似的場景上演。那裡是生死交錯的地方、黑暗之中閃耀著一道光芒的地方。彷彿像在孤注一擲的戰場之中必須死守戰略要塞，因著罪、罰、希望而流血激戰，激戰到已經感受不到人性，然而世界上一切躍動力量的勢力卻在此爭鬥不休。那天，是我第三次到那個地方。那位住在彌阿里還是三陽洞的老太太，她堅持要來，帶著自製年糕跟著我們一起到了那個地方。

我們在會面室裡等著監獄官帶他過來的時候，三個人都沉默不語。莫尼卡姑姑緊靠著椅背而坐，不斷咬著嘴唇。而三陽洞老太太則是整齊穿著淡綠色韓服，和她黝黑且滿是皺紋的臉實在不太搭調。桌子上擺著的淡綠色布包袱裡面，放有仍然溫熱的年糕。雖然還是冬天，但窗外的陽光和年糕一樣的溫熱。等到他出現時，已超過約定時間半小時了。我不知道這半小時內，不願出來的他和要他出來的監獄官，兩人究竟發生了什麼事或有什麼對話。雖然我可以猜，但猜對的機率可能連一半都不到，索性就別猜了。

他一進來，莫尼卡姑姑隨即站了起來，但她連「允秀，你來了啊」這種例行問候都說不出口，可見姑姑多麼緊張。三陽洞老太太則像被很久沒穿的淡綠色韓服束縛住似的，身體僵直，只是不停揉著手裡的手帕。這時我才發現，我們三個等到現在，每個人大概都在懷疑：「這樣做對嗎？」

連姑姑也是，奉獻一輩子去信守寬恕與愛這兩大價值觀的她，也在擔心現在的情況。三陽洞老太太接下來可能會像兩千年前的年輕耶穌那樣說道：「你的罪得到寬恕了，起來吧。」要不然，假如她是在演戲，就可能會卸下偽裝，揪住戴手銬的允秀的領口，用十指抓破他的臉。這應該是姑姑擔心將發生的事吧。

允秀一臉蒼白，前兩次見面時他那一臉像在說「我也是人」的神情，現在已然消失。他現在的表情簡直比看到絞刑台上的絞索還更加恐懼，而且嘴唇發紫，微微顫抖。

三陽洞老太太如同看到失散已久的兒子歸來似的神情，然而，這麼形容又好像有些不妥。總之，她目不轉睛，像是唯恐漏看了什麼似的，一直注視著他的臉和身體。老太太、姑姑、允秀、李主任和我，全都呆愣地站著。

「請坐吧。」

李主任說道。看來最鎮定的還是李主任。他將咖啡壺加了水，打開電源。畢竟他是公務員，總是具備要考上公務員所需的美德。這時我才發現，姑姑每次進會面室的第一件事都是先將咖啡壺加水，今天她卻忘了這麼做。整個房間籠罩在沉默中，多虧了咖啡壺加熱之後發出的吱吱吱煮水聲，稍微緩和了沉重的氣氛。

「過得好嗎？」

姑姑問道。允秀心不在焉地答了一聲「是」，試圖擠出一點笑容，但臉卻像鋁箔紙一樣皺了起來。三陽洞老太太的目光一直停留在允秀的手銬上。

「把人……像禽獸這樣綁著，多難受啊！」

三陽洞老太太喃喃自語說道。雖是自言自語，但由於房間實在太安靜了，老太太又沒有降低說話音量，聲音聽起來就很大聲。也許是因為「禽獸」兩字的關係，每個人都一臉尷尬了起來。

「允秀，那一位來了，那個……」

姑姑結結巴巴的，原本該接著說的是「你殺死的……」，或者更含蓄一點的「受害者的母親來了」，但姑姑停下來嚥了一口口水，說道：

「因你……而去世的……」

姑姑又嚥了一次口水，連我也跟著嚥了一口口水。有時候言語這東西，愈是具體就愈真實，也就愈發殘忍。筆比刀更犀利，也似乎有著這層含意。

「那個傭人的母親。」

姑姑加了一句。允秀的頭如同折斷似的，猛然低垂下去。有人說，死刑犯要死六次，首先是被捕的時候，再來是一審、二審、三審聽讀宣判死刑的時候，以及之後每天早上醒來心想「是不是今天？」的時候，還有最終正式執行死刑時。我聽說，早上起床號響，死刑犯就得準備面對死亡。要是有放風與吃早餐，表示那天不會死；要是早晨放風前聽到走廊腳步聲，死刑犯就會嚇得臉色蒼白。但允秀此時此刻彷彿已被處以死刑了，換句話說，因為看到眼前可憐的老奶奶，也就是受害者的母親，簡直如同讓他墮入地獄火坑之中。我就坐在他旁邊，可以清楚看到他的下巴不停地抖動。我生平第一次意識到，罪，像脫口而出的話，一旦說了，便不可能消失，不可能像風一樣消失得無影無蹤。

「我……想來……看看你。」

允秀的肩膀不停顫抖著。他的全身顫慄，像被微風一刮就不停抖動的小細枝。人，不過就是這樣的生命體，即使是殺人者，也只能這樣顫抖而無計可施。想到這，我其實有些悲哀。姑姑說道：

「春節就快到了……她想送你年糕，省吃儉用存了點米，因為要過年了……做了年糕帶來給你。」

低垂著頭的允秀似乎說了什麼話，但是聽不清楚。

「你說什麼？」

姑姑問道。

「我錯了……對不起，我錯了……」

我仍然相信，人類真的是很奇怪的生命體。允秀這番話乍聽沒什麼不對，因為老太太是受害者家屬，而允秀是加害者，這名加害者犯下了人類對人類最為終極的罪行。然而，此時此刻，允秀卻有點像是受害者。在此瞬間，我想到自己酒醉時向大哥哭訴，從記憶中掏出來的那個惡人。在我的想像，即使我殺了他，他也是傷害過我的加害者，我對他不會有絲毫的同情心。但在這個場面下，身為加害者的允秀心中的痛苦，我卻感受到了。

「不知道你喜歡什麼樣的年糕……」

三陽洞老太太說道，同時慢慢起身，想將布包袱解開。柔軟的薄布發出的解套聲音，如同雷鳴般在房裡回響著。仔細一看，老太太解開布包袱的手一直發抖，一直解不開上面的結套。李主任看不下去，起身幫她忙。布包袱一被解開，露出白鐵大碗裡的白色蒸糕，已切成一小塊一小塊的，適合一口吃下去的大小。老太太拿起一塊，想遞給允秀，但在彎身過去時，卻彷彿瞬間崩潰般，跌坐到椅子上。她的嘴唇也同允秀的一樣，不停顫抖著。

李主任的眼神變得緊張起來。

「為什麼你要那樣？為什麼你要那樣？為何非要殺了她？你這混蛋，壞蛋……該千刀萬剮的傢伙！」

我們其餘三人的表情同時轉為「該發生的早晚還是會發生」的神色，莫尼卡姑姑的臉色甚至立刻變成後悔的神情。有些事確實是人力所不能及的，是勉強不來的。

「老……老太太，請冷靜一點。」

姑姑說道。她站起來，拉住老太太的手臂。這時，老太太一副哭不出來的樣子，臉色也憋得發青。她繼續說道：

「為什麼要那樣做？錢搶走就好，人該放過才對啊。錢搶走就好，為何連人也不放過……錢再賺就有，可是人，再怎麼樣也回不來了……回不來了……如果你放過她，她也活不到一百年啊。」

老太太這才淌下淚來，從嘴裡發出了嗚嗚的哭聲。她一隻手上拿著原本要給允秀的那塊糕，一隻手上捏著皺皺的一條手帕，本來就很細瘦的身子看起來顯得更加瘦小。此刻我才發現，允秀和老太太都是穿淡綠色的衣服，兩人都是蜷縮著身體。老太太的韓服顏色是湊巧相同的，奇怪的是，我感覺這兩人的身體都如同被詛咒般地捆綁住了。允秀依然顫抖個不停，頭髮像黏了漿糊似的緊貼額頭，冷汗……雖然是我討厭的老套形容詞，但確實汗如雨下。

李主任起身，好像打算要帶允秀回牢房的樣子。

「……等一等，先生，等一下……」

老太太哭到一半，如此喊道。李主任露出困惑的表情，又再坐了下來。姑姑要老太太先喝杯水再說。在這種情況下，老太太仍然連聲道歉，就好像她一輩子都會先為別人著想的樣子，說著：「修女，對不起，對不起。」不知道她到底什麼地方對不起人了，但那似乎是她經常掛在嘴邊的慣用語。三陽洞老太太慢慢喝了水，然後望著允秀。允秀從額頭與太陽穴流下的汗水沾濕了他的臉，囚服兩邊腋下也濕了。老太太拿起已被她眼淚沾濕的手帕，想替允秀擦拭臉上的汗水。允秀隨即從緊閉的嘴縫裡迸出一聲慘叫，簡直像牲畜被拖向屠宰場時所發出的哭喊聲。老太太的臉上露出悲傷的神色，她閉了一下眼睛，然後慢慢開口說道：

「對不起，我來是想寬恕……修女說還不到時候，我卻堅持要來，對不起。原來，我還不能完全寬恕你，孩子啊，對不起。看到你，讓我一直想到我女兒，不由自主就恨起你來。在來之前，我昨晚整夜睡不著，都在囑咐自己，不能這樣子……可是，對不起。我很想揪著你的領口，問你為什麼要那樣做，為何非要那樣做。但你可以為我祈禱嗎？孩子啊，你長得乖巧，你長得帥，你這樣顫抖個不停，這都讓我很難過。不過，我還是會再來，在我真正可以原諒你的時候……我會再來。這裡有點遠，車費也貴，我不能常來，但過年過節我一定會帶糕餅來。在這之前，你別死……別死……」

老太太也顫抖著，臉上也不停地冒汗。在這幾分鐘內，她的白髮又更多了些。姑姑在這短短的時間內，好像也和他們兩人一樣變老了許多。

「修女，對不起……給您添麻煩了，對不起。」

三陽洞老太太又一邊鞠躬一邊說道。接著，再對監獄官說：

「先生，對不起。是我這老人家太固執，給大家添麻煩了。」

李主任有些無可奈何，看得出來這是他當監獄官十年來第一次遇到這樣的場面，但他的臉上也是很難過的表情。

允秀跟著監獄官站了起來，仍然低垂著頭。老太太用皺皺的手帕擦拭眼淚後，對轉身要走的允秀說：

「你要活下去啊，一定要活到那個時候！」

允秀的臉上滿是汗水與淚水。轉身走出去時，他的腿似乎比之前跛得更厲害。

「老太太，可以了，這是最好的寬恕方式。再怎麼優秀的人也不可能做得更好，您真了不起。連身為修女的我也做不到的事，您卻做到了。」

姑姑一邊握住老太太的手，一邊說道。我開著車子，先送老太太回三陽洞，途中她什麼話也沒說，彷彿整個人進入了獨自建造的沉默房間裡，像是面臨真正重大事件必須靜下心來苦思的人。與外在形色、內在教養無關，此時的她顯得威嚴與高尚。今天過後，儘管她可能又會彎著腰，撿拾空瓶與舊報紙，換來銀行存摺上印的三千一百五十韓元或者兩千八百九十韓元的數字，儘管看到有錢人拿著糧食或肉類來的時候，她可能又會不自覺露出卑微的表情，然而此時此刻，她的臉上似乎充滿比皇后還更燦爛的光芒。

反而是坐在她身旁的莫尼卡姑姑，倒是更像個平凡的老太太。對於上帝之子耶穌直到生命最後一刻仍然堅守的「寬恕」，老太太她像個孩子般天真無畏地挑戰了這個教義。她甚至知道，人之所以會失敗，原因都在於傲慢。看在我的眼裡，我覺得她已經戴上了聖女的桂冠，而這與她的過去或將要面對的未來都無關。我似乎至今未曾見過有人做到這一點。在我周遭的人總是按他們自己原有的方式一直生活下去，連姑姑也是如此。

這位老太太到底為何要這樣呢？照她所說的，她既沒讀過什麼書，也不懂什麼知識，連信仰都沒有，那麼老太太為什麼想要試著原諒他呢？許多書籍都教人要原諒、寬恕，上自聖經，下至學者，無不斷聲呼籲；儘管如此，人類還是無法寬恕罪行。究竟老太太憑藉什麼而敢於挑戰呢？是否就是憑藉著偉大的單純呢？

接下來的一週是我答應跟姑姑一起到監獄的最後一週。春節過後，春天似乎快來了，天氣持續暖和。

那一天，李主任去叫了三次，允秀還是拒絕和我們會面。在李主任第三次去勸說允秀不成之後，他回來面色沉重地搖頭說道：

「兩位還是回去吧。上次的會面對他打擊太大了，其實，跟他熟了就知道，他是個很單純的人。那天回去之後，他一直不吃飯，等到負責的監獄官進去才發現他病得很嚴重。前天帶他到醫務室，強制吊了點滴。我還被教務科長罵了一頓，都是因為我讓他跟那個老太太見面的關係……怕他會自殺，已經安排了一名警官二十四小時看著他。唉，連同事們也訓了我一頓。」

「真是對不起李主任你了。那麼，允秀開始吃飯了嗎？」

姑姑無力地問道。隨即，李主任笑著說：

「是的，雖然吃得不多，但還是吃飯了。真是的，我第一次看到死刑犯絕食。當年那些觸犯國家保安法的政治犯經常絕食，現在已經不常見了。」

明明是最終會受法律制裁的死刑犯，卻擔心他會死而為他吊點滴，這事我後來才感覺很戲劇化。先救活之後，再殺死他……

請在人們面前低下頭，親吻大地。
然後請向全世界大聲喊：
「我是殺人者。」
——杜斯妥也夫斯基（Dostoyevsky）《罪與罰》中曾是死刑犯的索妮雅的話

藍色筆記 10

進到少年收容所的時候，我的心卻是意外地平靜。現在想來，也覺得那樣平靜是很奇怪的，或許是認為可以不再為生計操心的關係吧。不必再擔心要睡在哪裡，也不用再故意不穿襪子只光腳拖著一雙破爛運動鞋，和恩秀兩人站在地鐵站乞討——每次列車到站，下車人潮不到一、兩分鐘就散得彷彿全世界人都消失得無影無蹤，只剩下我和恩秀兩人留在空盪盪的世界，那種感覺，進到少年收容所之後就不必再去感受了。還有，不用再想天地之大卻沒有我們容身之處。早上醒來也不需擔心這天要吃什麼；而且，我以為那個地方有像我們一樣被媽媽拋棄、被爸爸毒打的孩子。但是，期待卻如以往一樣，總是背叛我。

牽著恩秀的手進去的第一天晚上，管教員晚點名結束後，那裡的孩子就把我們兄弟倆圍住。我們在裡頭算是最年幼的，我有些害怕。儘管打架對我而言是家常便飯，但那裡是密閉空間，我對他們的規矩完全一無所知。他們之中也是有下命令的人，有跟屁蟲。其中一人指著恩秀，說道：

「我用一根手指能不能讓那小傢伙挺起來呢？」

他剛說完，孩子們就咯咯笑了起來。我完全不知道那是什麼意思。突然間，有兩個人抓住我的兩條手臂，我有股不祥的預感。有一個人鋪了毯子，要恩秀躺在上面。我試圖掙脫，但立刻有人揮拳頭揍我。

「喂，臭小子！大哥想讓他挺起來，你不爽嗎？」

幾個孩子把恩秀的褲子脫了，我不明白他們到底想幹什麼。恩秀就像水族館裡被捉起來的魚，光溜溜地躺在他們面前。被叫大哥的那個人得意洋洋地舉起他的一根食指，說：「就用這根手指哦！」恩秀……眼睛看不到東西的恩秀，喊著「哥，哥」。那個混蛋把手指貼到恩秀的下身，開始擺動那根手指。恩秀喊「哥，哥」的聲音也跟著愈來愈模糊。恩秀的下身漸漸脹了起來，在其他孩子的屏息歡呼聲中，躺在他們面前的十三歲的恩秀，像條魚那樣不停抖動腰部；接著，白色的精液噴出，恩秀的身子半立了起來。我趁著孩子們咯咯笑而暫時鬆懈的機會，撲向那大哥，不管三七二十一，用力掐他的脖子。如果不是警衛衝進來，我可能已經殺死那個混蛋了。警衛掰開我的手，把我拖出去。我一邊被拖出去，一邊回頭看，恩秀睜著他茫然無神的眼睛在流眼淚。我出去之後被打也無所謂，反正我習慣了，沒關係。但一想到我不在時，瞎眼的恩秀會被那些畜生怎麼欺負，我簡直快瘋掉。我如野獸般哀號了起來。

10

結果，我並沒有唱國歌給允秀聽，就結束了會面。雖然姑姑露出惋惜的眼神，但我下定決心要到此為止。我對自己也對姑姑說，學校即將要開課，我有很多事要忙。

但是，很快地，星期四又到了，這天我反常地起了個大早。窗外一片白茫茫的，走近窗邊一瞧，外頭正在下雪，而且是刮著大風的暴風雪。不知道姑姑是否平安到達那裡了？姑姑必須先搭地鐵，在仁德院站下車，再換乘小巴士，坐到看守所的那個路口，下車之後還得走一段上坡路才能到。我心裡盼著，希望頑固的姑姑是搭計程車去的。在這種刮風下大雪的日子去到那裡，如果允秀那小子又不願出來會面，那可怎麼辦呢？想了又想，我匆忙起床，連每天早上必喝的現磨咖啡也沒入口。由於天氣太冷，我稍微將暖氣開強一點，然後開始放洗澡水。這時，心裡想到了看守所的犯人，聽說他們一週只能沖澡五分鐘……想起的還有上週被冷汗沾濕衣服的允秀。我脫下衣服，慢慢進到浴缸裡。突然憶起在法國的時候，我曾經去拜訪在德國留學的朋友。朋友家中的電視正在報導幾個女人住的小公寓。房間有兩間，擺放上下層床鋪，廚房小小的，看起來是很平常的住宅。四個女人一面做菜一面談笑。她們菸抽個不停，也出現她們化妝的畫面。朋友說那是監獄，我幾乎不敢相信自己的眼睛。「那是什麼監獄？」有人一邊喝著啤酒一邊問。「一定是最近新實施的示範監獄。」另一個人說。朋友答：「不，那是一般監獄。」不久，畫面播出其中一個女人在監獄官的陪同下外出。那位留德的朋友解釋，那女人獲准一個月去探望女兒一次。「和我們國家比起來，他們的命可真好。」有人感慨地說。那名女人甚至還和女兒去吃漢堡，一起玩了娃娃，才再回監獄去。另一位朋友問：「如果監獄真的變成那樣，我們國家大概有三分之一的人都會想進監獄吧？」剛好畫面就是那名女人回監獄後哭泣的場景，留德的朋友答：「那名女子正在哭訴想快點離開那裡，想要趕快出獄和親愛的家人住在一起。」

此時，電話鈴聲響起。原本不想接的，但鈴聲一直響個不停，對方似乎是個很有耐性的人。我趕快從浴缸起身去接電話，令人訝異的是，電話那頭竟是首爾看守所的李主任。「突然打電話給您，一定很驚訝吧？是修女告訴我電話號碼的。您可能需要來這裡一趟。」我正在擔心姑姑，現在聽李主任說需要前往一趟，乍聽之下心裡實在很煩躁。加上剛剛還悠閒地泡著熱水澡，於是更加心煩了。我問發生了什麼事，李主任頓了一會兒，答道：「修女受了一點傷。她來這裡的路上，好像因為下雪路滑的關係跌倒了。我想叫輛計程車，但是雪下得太大……我請她到醫院，不過修女叫我先打電話給您。您到了看守所大門，押了身分證之後先等一下，我會去接您。」

我只好換上衣服，動身前往。本以為春天來了，沒想到卻有冬雪來襲。一路上車輛很少。我開車是開得很快的那種人，急踩油門與超車是常有的事。剛開始開車時，女駕駛還很少，甚至有大卡車司機搖下車窗對我破口大罵三字經，我好像被澆了一頭髒水，又害怕又生氣，但又不想和他們正面起衝突。現在，偶爾我會在千鈞一髮之際越過他們的車，那讓我有股莫名的快感掠過心頭。

可是這天我小心翼翼地開車。不知姑姑的傷勢如何，如果連我也發生事故，那恐怕會搞砸所有的事情。生平第一次，我發現自己有這樣的想法：這車子現在是要去載一位世上最尊貴的乘客，千萬不可出差錯啊！對我而言，丟到垃圾桶也不足惜的三十分鐘，對姑姑而言，可能是她輔導的某個人一生最後的時光……我發覺自己心中浮現出允秀的臉孔，他汗濕的頭髮黏著額頭、全身還發著抖……與我不相干的他竟浮現在我心中，我突然感到一陣心痛。我心想：除了自己，我曾可憐過誰嗎？我曾為誰心痛過嗎？我連油門也小心踩著，盡量不超車。如果有那種閃大燈超車的，我也減速禮讓。我囑咐自己，心裡雖急，卻必須更加沉著。一到達看守所，全身都快僵硬了，這才知道自己是處於多麼緊張的狀態在開車。

跟著李主任一進到會面室，就看見允秀和姑姑面對面坐著。姑姑的頭紗上面圍著一條手巾，模樣看起來有點可笑。一個七十歲的老修女，頭紗上面圍著一條有小碎花圖案的粉紅色手巾……後腦杓有乾掉的暗紅血跡。姑姑的模樣像是民主工會那種激烈抗爭的靜坐示威者。我的第一個念頭是：「姑姑，真服了你了！」接著就不由自主地笑了出來。允秀和監獄官一見我笑，也跟著笑了。連姑姑也笑了。我一邊笑，一邊和正在笑的允秀第一次對望了一眼，我情不自禁地想：笑了真好！我和他，似乎是第一次以人類情感來連繫。我也第一次發現到，他笑的時候只有一側臉頰露出酒渦。同時，從他的眼神中可以知道，他一直在等我。不過，我還是很擔心姑姑的頭部傷勢，伸手摸了摸她後腦杓乾掉的血塊，她隨即皺了皺眉頭，似乎感到疼痛的樣子。我長嘆了一口氣。姑姑看著我，要我坐下。他們似乎正在談論什麼重要的事情。剛剛急著叫我來，現在卻把我當作打斷他們談話的妨礙者。姑姑說道：

「允秀，你繼續說吧。」

允秀說道：

「所以，我想過了……」

他很快瞄了我一眼，像是因我在場而有所顧慮的眼神。我眼睛往下看，被排斥的感覺讓我有些不愉快。這就像媽媽對待我的態度。媽媽因為已經有三個寶貝兒子了，我的出生，對她而言是多餘的，彷彿一生來就帶著原罪，所以媽媽總說她是因為我而被迫放棄重新站上舞台的機會。我望向窗邊，透過鐵窗，看見晚冬的暴風雪還在紛飛而下。

「看來是真的，您並不是為了擴張自己的教派才來的。以前，我對於別人說的每句話、做的每個動作，都會認為是在嘲笑我或者想占我便宜，是為了獲得自己利益才來利用我的……我總以為是那樣，所以整天只想著要怎樣才不會被人利用。但從現在起，我決定不再把監獄官、其他囚犯想成是那種人，雖然其中確實有幾個傢伙讓我難以忍受，但只要不把他們想成是做壞事的人，很神奇地，我發現他們對我還蠻不錯的。」

姑姑說道：

「是啊……沒錯，當然啦……你想想，你之前當壞人的時候，也不是成天只想著做壞事吧。」

我抬頭看允秀的反應，心想：可以當著壞人的面說他是「壞人」？意外的是，允秀竟然在笑，是那種難為情的笑，帶著慚愧，又像是面對射中靶心的弓箭手的那份尊敬，或者痛快吧。我和監獄官也一起笑了。姑姑說道：

「那麼，然後呢？」

姑姑此時的表情像在傾聽世上首位發現真理的學者所說的話。

「我生平第一次想到……或許是因為我的緣故，是我認為他們壞，先動手打人，所以製造事端的可能就是我吧……我這麼想……然後很神奇地，我的心居然就平靜了。我也想到了上一次跟您提到的那位姊妹，或許那位姊妹並不是像看到蟲子那樣看待死囚，說不定她只是吃驚，就像我第一次被您突然握住手時也吃了一驚。我那時的想法可能是我自己在編小說情節吧……」

姑姑笑了出來。允秀繼續說：

「之前您寄給我的《希臘羅馬神話》，真的很好看。剛開始看的時候，名字太難記，總是搞混，但看了一段時間之後，不但會看得忘了時間，還會熬夜看呢。」

姑姑問他：

「是嗎？那你最喜歡書裡面的誰？」

「奧瑞斯提斯。」

「奧瑞斯提斯？我好像不太記得他是誰……可是宙斯的風流事，還有他用閃電劈死壞人的故事，你不喜歡嗎？」

被姑姑這麼一問，允秀只是笑而不答。姑姑問他：

「嗯，那你為什麼喜歡奧瑞斯提斯？」

允秀先是猶豫著，沒有答話。他又看了我一眼，我勉強裝出很有興趣聽的表情。這時我才發現，他之前戴的皮帶銬已換成手銬，是看守所裡人稱「通往地獄的銀色歐米茄手錶」的死囚手銬。

「因為除了奧瑞斯提斯，其他名字太難記了……奧瑞斯提斯是某個地方的王子，他爺爺想要變得比神還厲害，耍了各種陰謀詭計。因為那樣，眾神對他的家族世世代代下了詛咒。第一個受詛咒的是奧瑞斯提斯的父親……叫做阿葛……」

允秀遲疑了一下。

「阿葛曼儂，對嗎？原來奧瑞斯提斯是阿葛曼儂的兒子啊。」

「是，那個阿葛曼儂被自己妻子，也就是奧瑞斯提斯的媽媽殺害了。他妻子和別的男人私通，兩人密謀殺死了奧瑞斯提斯的父親。當時那個國家的法律規定，兒子有義務為父報仇，必須殺掉害死自己父親的凶手，所以奧瑞斯提斯殺死了母親。然而，復仇女神認為殺父或殺母的人是最壞的惡人，所以祂們不斷讓他聽到惡聲、見到幻影，他整天一直看到自己殺死母親的幻影，聽到復仇女神傳送的詛咒聲。於是奧瑞斯提斯備受殺死母親的罪惡感所折磨，都快發瘋了，從此在世間到處遊蕩。」

允秀說這一長串話時，突然瞄了我一眼。我可以感覺得出來，他為了在姑姑面前好好表現，可能昨天練習了一整晚吧。在我看來，他那樣子看了可笑，也讓人同情。而今藉著記憶再去細想，覺得他那樣讓我感到悲傷。

「那時阿波羅，也就是太陽神，召集眾神開會，為奧瑞斯提斯辯護。阿波羅說：『他只是受到神的詛咒，錯是錯在他祖父，我們不該對奧瑞斯提斯太過嚴苛，他根本無力選擇……下詛咒的是我們，我們應該原諒他。』當時，奧瑞斯提斯也在場，他看著阿波羅，鄭重地說：『您說什麼？殺死我母親的不是你們……是我！』」

說完「是我」，允秀低頭沉默了一會兒。

鐵窗外，依然白雪紛飛。他再次抬起頭時，雙眼已紅得像隻兔子，臉上表情十分不安。他嚥了一口口水，然後繼續說：

「……我……我從小雖沒想過要當神，但一直想當個很強的人。如果強而有勢力，就能做任何事了，連壞人都可以全部消滅掉……從小我一直這麼想。可是，見了修女您之後，我常在想，修女為什麼要來這種地方，對我這種混蛋哀求哭泣呢？那天，那位老太太……就算她殺死我，我也無話可說，可是她卻哭著說對不起，說她還無法寬恕……面對那種場面，比死還讓人難受。如果有人問我，是願意再見那位老太太，還是願意死？那我會回答：寧願上絞刑台！萬一真有上帝，那祂現在給我的就是全世界最嚴厲的刑罰。死對我來說不算什麼刑罰，我不怕死，從小就不怕死……然而現在我會想：我是不是真的錯了？我一直覺得自己是冤枉的，有不得已的苦衷，換作是誰置身於我的處境也會那麼做……可是奧瑞斯提斯，眾神令他做出那種事，他仍然說是他做的……」

說完，允秀緊閉著嘴巴。姑姑伸手握住他戴著手銬的手，闔了一下眼睛。她撫了撫允秀的手背，說道：

「你很了不起，能有這樣的想法……允秀，你想得很多，這樣很好。允秀，你能這樣想，太好了。」

允秀皺著臉，紅腫的雙眼噙著淚。他咬著牙，閉上眼睛，說道：

「我曾想殺我父親，也曾想殺我母親……我以為我是受了詛咒。既然是受了詛咒，就什麼都不怕……以為把所有人都殺了，我也死了，就什麼都結束了。我認為只要一了百了就行，所以我當時沒有任何罪惡感。現在修女您說我很好……」

雪下得更大了。雪落下來時，原本就無聲無息，現在整個世界一片寂靜。

「從我出生到世界上，一直不曾聽過大人誇我好。今天您大老遠來到這裡，天氣這麼糟，還跌倒流了血，看到您這樣，我很心疼，很擔心您會很痛。我好像從沒有過這種感情……除了我弟弟和一個我愛過的女人以外，和我無關的人，我從沒這麼擔心過，而且衷心希望對方不會疼，真的，我真的希望您不會有任何疼痛。我從未這樣……一次也沒有，修女……」

二十七歲的允秀低垂著頭，眼淚滴落到閃著銀光的手銬上。

「可是修女……其實我……很害怕面對這種感情。」

我不相信奇蹟，
只是依靠奇蹟活下去而已。

——卡爾·拉納（Karl Rahner）

藍色筆記 11

六個月後，我和弟弟走出了少年收容所。

有父母來接的孩子，就跟著等在門外的父母回家去。沒父母來接的孩子，跟著兄弟姊妹走了。沒有兄弟姊妹來接的孩子，就各走各的離開了。

我和恩秀兩人站在收容所大門前的路上，一直等到太陽西下，黑夜來臨。

11

姑姑靠在汽車座椅上，不發一語。雖然只剩零星的雪花飄落，但是道路兩旁堆著厚厚的積雪。車子行走的路面上，雪已經融化，顯得一片泥濘。

「去找你舅舅吧。我是為了這事才叫你來的。那邊的交通不太方便……我本想坐地鐵去的，但現在這副模樣……你現在應該有空吧？」

我嘴裡嘟囔著：

「還是先去醫院治療傷口吧，說不定得縫個幾針才行呢。」

早餐沒吃就出門，現在肚子好餓，又看到姑姑的頭受了傷，心裡真是難過。剛剛聽允秀說為姑姑感到心疼時，我也是一樣的心情，只是內心有那麼一點不是滋味，因為我這個人實在不善表達，而且不太會掉眼淚。

「我已經活得夠老了，什麼時候死又有什麼關係呢？我現在只是做我該做的事，直到上帝召喚我的那一天……如果一定得說個願望，那我只有一個，就是為這些人工作到我死的那天。就算死在路上，我也會死得很高興。」

「死，死，死……怎麼大過年的就一直把死掛在嘴邊？跟著姑姑，滿耳聽到的都是死呀死的！姑姑您是上帝嗎？連上帝都做不了的事，您要怎麼做呢？就好像那個叫允秀的死刑犯說的，您這樣做也救不了他們的性命啊！要是您就這樣死了，他們不會更難受嗎？我不喜歡那樣，想到就覺得心情極差！」

意外的是，我竟然哽咽了。一股我無法明白的感情莫名地湧上心頭，但我不想讓姑姑察覺到。這時，她什麼話也沒回答。我耳邊響起允秀說的話：「覺得自己是冤枉的，有不得已的苦衷，換作是誰處於我的境況也會那麼做……可是奧瑞斯提斯，眾神令他做出那種事，他仍然說是他做的……」他還說：「和我無關的人，我從沒這麼擔心過，而且衷心希望對方不會疼。」這些不僅我感同身受，其實也是我要說的。不過正確說來，我倒是曾經盼望過一次，那是在國中時，盼望我們家的老狗「順順」不要疼痛，這隻珍島犬因為性情太溫順，所以取這名字。哥哥說，牠八歲就相當於人類八十歲。順順死的時候，我真心祈禱，希望牠沒有痛苦，安然往生，而且是出於真心的希望。此刻，我怕姑姑會察覺到我動搖的情感，因此決定照自己的方式繼續說下去：

「那傢伙說得頭頭是道，但怎麼知道他是不是偽善？說不定他是在找救命的方法……我不相信他。太快了。那個老太太也是，怎麼那樣單純？說什麼寬恕、懺悔、寬恕、懺悔……我最討厭天主教的就是這一點！先盡情犯個大錯，再到教堂去悔過，以為這樣就沒事了！偽善！」

姑姑閉著眼睛不說話，一會兒之後，才開口說道：

「維貞，姑姑……不討厭偽善者。」

這話令我感到意外。姑姑繼續說：

「牧師、神父、修女、僧侶、老師等等，那些我們認為優秀的人，其中有很多是偽善者。或許我也是其中的代表人物也說不定……但在行偽善時，至少他們大約知道什麼是善。有些人甚至意識到，自己內在不如外在表現的那麼優秀。所以，我不討厭偽善者。如果到死都沒被人發現自己偽善，我認為那是成功的人生。我真正討厭的是偽惡者，他們對別人做了壞事，卻還認為自己在某種程度上是善良的。這種人其實比偽善者更傲慢、更可憐……」

我很想問姑姑，「難不成這番話是說給我聽的嗎？」但我沒有開口。在我內心的某個角落，彷彿像衣服底下一處不願顯露的傷疤被人看見了那般，湧起了一陣羞恥感。我加速超越了一輛九人座小巴士，車身猛然一晃，姑姑隨即抓住把手。她繼續說：

「我更討厭的是，認為這世上沒有任何標準的那些人。他們認為所有一切是相對的，而好壞與自己無關，別人是別人、我是我。偶爾那樣想沒關係，但只有一樣不行，就是輕忽性命的寶貴。如果輕忽，可能我們都會死。更何況，不管從哪個角度看，死亡都不是好東西……渴望生存，是所有生命體遺傳因子裡都有的本能。想死，換個方式說，就是不想這樣活下去；不想這樣活下去，再換個方式說，就是想要活得更好……所以，我們該將『想死』換成『想要活得更好』。人不該隨便說死，因為『生命』這兩字的含意是『叫人生活下去的命令』……」

我想問：「叫人生活下去的命令？是誰的命令？誰呢？憑什麼！」但還是沒能說出口。

「有時候想到維貞你，或許我說得不對，但感覺你的行為舉止有點像偽君子。我不喜歡你讓我有這種感覺，看得我心都痛了。你要知道，善良不是傻，憐憫之心不是心軟弱。為別人哭泣，或是為自己犯的錯而心痛，就算因此被人說成是太過多愁善感，也還是美好的。假使釋出真心之後還受到傷害，也不必覺得羞恥……付出愈多真心的人，總是受傷害愈多，但是，很快又會復原。我活得比你久，這些是我領悟到的肺腑之言。」

我差點回她一句：「這點道理我也知道。」要我接受心理治療的每位精神科醫師講的話也差不多，每回我總是當場這麼回話。有一次，舅舅對我說：「對，維貞你知道的很多，我也知道你讀了相當多關於精神心理學的書籍。但是，維貞啊，知道並不代表什麼，從某種意義看來，知道有時比不知道更糟。重要的是，要有所領悟。知道與領悟兩者之間的差別，在於領悟需要經歷痛苦。」記得我當時回答說「我討厭痛苦」，好像還是笑著回答的。

我和姑姑不再說話，就這樣一路來到舅舅的醫院。一推開醫院的大門，看到裡面有一個大約十歲的男孩和一名應該是他媽媽的女子。原本作勢要打小孩的那名女子，一看到姑姑立刻高興地跑過來。不知為什麼，看到那孩子時，我不自覺打了個冷顫，整個後背都起了雞皮疙瘩。事後回想，可能是因為那個媽媽無神的眼睛以及那孩子的臉與手到處是傷痕。不對，不是那個緣故，是因為那孩子不安的模樣。他似乎在這世上無依無靠，不知道自己在想什麼，不知道自己身在何處，更不知道自己是誰、幾歲了。那孩子的模樣觸動了我心中的某個部分，但我無法確定究竟是怎麼一回事。他露在外套外面的雙手滿是傷痕，現在他正不斷地踢著候診區的椅子。

「哎呀，真不知道為什麼非要我孩子來這裡，警察局的人說不來不行，我只好帶他來了……可是，修女，您的頭怎麼會這樣啊？」

短鬈髮的中年婦女一邊嚼著口香糖一邊問。才一問完，看到姑姑是用手巾纏頭，就開始咯咯發笑，讓人覺得她怎麼語氣顛三倒四的。姑姑似乎想阻止她的好奇心，說道：

「他來這裡只是做簡單的檢查，請在這裡等一下。孩子最近睡得好嗎？」

「睡得不好。有時還亂喊亂叫的，整夜都不睡覺。說做夢夢到那個女孩子對他說：『是你殺死我的！』一直這麼喊……」

姑姑看著孩子，嘆了口氣。這個男孩踢完了候診區的椅子之後，這會兒開始玩倒立。過沒多久，護士叫到孩子的名字，姑姑便帶著那孩子進去舅舅的診間，留下我和那名婦女坐在候診區等候。幾個面熟的護士經過，對我點頭示禮。雖然她們對我微笑，但想到她們心裡可能是怎麼看待我的，我心情一下子變得很差。感覺她們或許看過我的病歷，對我的事一清二楚。還記得上次住院時，來我病房換點滴的護士以為我睡著了，和一旁護士耳語，雖然我聽不到內容，但可想而知，一定是在說，「都自殺三次了還沒死，多半是在演戲吧？」我相信應該就是這類閒言閒語。

如果照姑姑說的，壞人也不是成天只想著做壞事，那她們應該不是每次見到我都那麼想吧。然而，我還是很想立刻起身離開醫院。

「您也是來看醫生的嗎？」

那名婦女慢慢嚼著口香糖，問了我這句話。我不太想回答，但還是回了她：「哦，是啊……」等一下要進去見舅舅，和他談一談，這樣回答應該也沒錯。

「您是和那位修女一起來的嗎？」

婦女再問道，她的表情充滿好奇。離開韓國七年，剛回來時，我感覺韓國變了，其中最令人討厭的是，總有人像相親似的，追根究柢探問別人的私生活：「結婚了嗎？」、「為什麼還沒結婚」、「現在做什麼樣的工作」等等這類的問題，每當有人這麼問我，我心裡總會想：「問問題的他們，是否真的知道自己為什麼結婚、為什麼生小孩、人生為什麼走到這裡？」我沒有回答那名婦女，但她又說道：

「我真不懂，為什麼要我孩子來這種精神科醫院。但是修女和警察都要我孩子來，只好來了。對於沒有車的人來說，來這裡多麻煩啊！」

婦女的眼神像是要我贊同她的話，然後她大概就會開始對醫院地點偏僻、交通不便等問題囉嗦個老半天吧。這種不會看人臉色的女子，讓人討厭。我閉嘴不回答她。婦女隨即咯咯地笑，說：

「您真是不愛說話耶……對了，那位修女有幾個孩子呢？」

婦女忍不住好奇心似的，一直問東問西。我反射性地回說：

「什麼？」

婦女說道：

「年紀那麼大，孩子應該都大了吧……哎呀，我真是的，那把年紀應該要有『孫子』了才對。」

我不禁皺了皺眉頭。雖然韓國不算是天主教國家，但基本常識也應該要有啊，神父和修女就像僧侶一樣，單身不結婚，這不是眾所周知的嗎？對她的無知，我有點吃驚。我不禁懷疑她到底小學畢業了沒。

「今天好不容易向餐廳請了白天一天假，晚餐前一定得回去……老闆娘的公公幾天前中風了，已經第三次了，這老人家竟然能撐得過去，沒死……」

這名婦女也不管是在跟誰說話，更不管對方是否願意和她對話，自顧自地說起話來了。不，應該說，她不知道自己在講什麼。或者應該說，她在開口，但她不知道自己正在說話。由於我一直不答話，她索性站起來，把鬆垮的褲子往上拉了拉，開始到處走來走去。我趁她不注意的時候，站起來悄悄推開舅舅診間的門，走了進去。那名精神散漫的婦女沒發現我離開。

舅舅和那孩子面對面坐著，姑姑則是坐在孩子旁邊。孩子扭動著身子，一刻也不得閒。如果說他媽媽是嘴巴閒不下來，那麼這孩子就是身體閒不下來。這對母子真的很像。

舅舅問孩子：

「嗯，所以你搶了一千韓元嗎？」

「是。」

「原本你只想搶一千韓元就讓她走，是嗎？」

孩子打了個哈欠。舅舅繼續問他：

「可是為什麼打她呢？」

「我怕她告訴別人。」

「告訴誰？」

孩子又開始扭動身子。他盯著我看了一會兒。

孩子的身體一直動來動去，令我聯想到困在蜘蛛網裡的蝴蝶。接著，他又毫無表情地將目光掠過我，看往別的地方。

「那你打人的時候，有沒有想過那孩子會痛？」

「沒有！」

孩子抓起沙發角落裡的一個抱枕，突然問：

「這是誰買的？很貴嗎？」

舅舅嘆了一口氣。

「剛才不是和醫生約定好要安靜談一談嗎？」

「那你快一點！」

孩子喊道。舅舅的臉上掠過一絲困惑不解的神色。

「打那麼多下會打死人，你知道嗎？」

舅舅又問道。這時孩子第一次停下動作，無力地搖頭。舅舅繼續說：

「你本來只是想嚇唬她，讓她不敢告訴別人，沒想到會變成那樣，是吧？」

孩子漫不經心地答：

「是。」

「你用那一千韓元做了什麼事？」

「買了麵包來吃。」

「好吃嗎？」

「嗯。」

舅舅的表情茫然了一下，然後伸手去握住孩子滿是傷痕的手。整隻手簡直像麻花臉一樣充滿傷痕，指甲縫裡有紅色血跡。到底發生了什麼事，為何會有這麼多傷布滿這孩子的小手？如果是傷痕，我大概猜得出來為什麼，但我不懂為什麼指甲縫裡會有紅色血跡。後來才知道，他有用指甲刮牆壁的習慣，經常把指甲刮到出血。

「媽媽和爸爸，誰打你打得多？」

「爸爸！」

「誰打你打得比較凶？」

「爸爸……我要走了。」

舅舅還沒反應過來，這孩子已經站起身來，開了門就走出診間。雖然姑姑叫他，但他早已走出去了。姑姑也跟著走出診間。我問舅舅：

「殺人？那個小孩嗎？殺了人？」

「是啊，殺了隔壁鄰居一個四歲女孩。為了搶一千韓元……對一個未滿十四歲的孩子來說，法律沒有什麼懲處辦法，而且不會強制治療，也不會監控他。換句話說，就是放任不管。你姑姑最近在照顧那樣的孩子。」

我和舅舅兩人沉默了一會兒。十一歲的孩子把一個四歲的孩子打死，搶了一千韓元之後買麵包吃，還說那麵包好吃！到底我生活其中的這個世界的最底層在哪裡？到底我身在何處？為什麼以前沒見過也沒想過的事接二連三出現在我眼前？我實在是沒有頭緒了。姑姑說我擅長的偽惡，甚至嘲諷，在這裡我卻一點也使不出來。彷彿被蜘蛛網困住的不是那孩子，而是我。

剛剛追著孩子出去的姑姑開門回到診間。她和舅舅像老朋友一樣，先靜靜互看了對方，然後不約而同地苦笑起來，像是無能為力的兩個人，彼此都不知該如何是好的樣子。

舅舅嘆了一口氣，把話題轉到姑姑的頭傷：

「傷口看起來蠻嚴重的，先在這裡處理一下比較好。」

姑姑答道：

「別擔心，等一下再去治療就可以。修道院門口就有一間不錯的外科診所。倒是那孩子該怎麼辦才好？我的頭有上帝照顧，即使流血了，也還能用。真的需要治治頭腦的，應該是那孩子吧。」

舅舅又嘆了一口氣，然後說：

「當然得接受治療了，連孩子的家長也得接受治療。不僅要找小兒精神科的專業醫師做心理諮商，也要使用藥物治療，否則以後一定會再出事。我們國家的警察到底……不，應該是制定法律的那些人……讓那樣的孩子回家去，怎麼可以呢？孩子變成那樣是家庭的緣故，卻只能束手無策，說什麼孩子還小必須送回家，怎麼可以呢？如果是在美國，這種情況父母和孩子都必須接受精神治療，需有治療證明才可以。現在這樣真的很危險。為了孩子著想，應該先讓他入院接受治療，這是理所當然的事……而且，國家盡早治療那樣的孩子，最終也是在避免社會付出更大的代價啊！」

莫尼卡姑姑看了看舅舅寫的病歷表。

「您說他十之八九會變成犯罪者嗎？」

「不是十之八九，機率幾乎是……百分之九十九。」

舅舅站起來走到窗邊，像自言自語似的：

「都一樣，全都一樣。惡性循環，全世界都一樣。」

舅舅的語氣中隱含一股憤怒，至於是對誰的憤怒，可能連他自己也不得而知。

「那些人犯下人類難以想像的罪行，在他們背後，從小就有大人對他們施加人類難以想像的暴力，所以我才說是惡性循環。暴力會招來暴力，接著又會再有暴力，如此循環下去。假設現在有人被罵了，被罵的人絕對不會認為自己是該罵的。我敢斷言，沒有一個人甘心被罵被打。自有人類以來，不曾以暴力終止過暴力，從未有以暴制暴之事……」

舅舅的表情掠過一絲絕望神情。我第一次看到舅舅這麼生氣，這麼灰心。

「舅舅，是不是有人從一出生就帶著潛在的壞資質？像有些學者說的有壞的遺傳基因，真有這種東西嗎？」

聽到十一歲孩子殺人，又聽到那孩子說好吃，我吃驚之餘，不自覺問了這話。

「不……當然不對！」

舅舅整個人神經緊繃地答道。我也是第一次看到舅舅這麼緊張。

「人類啊，神奇的是，出生時還尚未完全長好。小牛、小狗，在媽媽肚子裡長好了才出來的，所以一出生就會跑會跳。但是人類出生之後還需要時間才能長好。普通大約需要三年時間，最近也有學說主張十八年。總之，神創造了百分之七十，父母將剩下的百分之三十完成之後，才算全部完成。說是百分之三十，但事實上也重大影響到如何引導另外的百分之七十。就好比電腦，作業系統會決定整台電腦的好壞。研究分析那些小時候受過虐待的人的腦部掃瞄圖，幾乎都有百分之五到十的腦部受損。如果把人比喻成車子，這些人等於從小就是一輛引擎故障卻還行駛的汽車。遭到破壞的大腦是無法有效調節衝動的。而且智商和受損部位沒有任何關聯，因此，連續殺人犯有些是高智商者，這種案例屢有所聞。這些人都是沒被診斷出的精神異常者啊！」

姑姑問道：

「無法調節衝動，並不代表會害人，不是嗎？」

「這樣說也沒錯。但這種情況最具代表性的症狀是，對別人的痛苦沒有感覺，也就是同理心的能力明顯降低。」

姑姑又問：

「同理心的能力？」

「是啊，我們一般人走在路上，要是看到有人跌倒或受傷，會產生『那一定很痛』的想法。但那種人的同理心能力卻出了問題。同理心，英文是sympathy，也就是一起感受的心情。但那種人明顯缺乏同理心，對於別人的痛苦當然也就沒有感覺……」

姑姑問道：

「如此說來，打小孩的後果真的會不堪設想，是嗎？」

舅舅沉默了一下，這才回說：

「虐待分好幾種。有身體方面的虐待，最具代表的就是暴力行為，此外還有性虐待、情感虐待，以及置之不理。例如，肚子餓的時候不給食物，該換尿布的時候不換尿布，該抱的時候完全不給予身體接觸……。至於情感虐待，例如冷漠以對，不給予愛……這些都是虐待。虐待產生的問題是很難解決的。」

舅舅又嘆了一口氣：

「前一陣子來的那個十七歲男孩，用刀殺死了路過的一個國中女生……您還記得嗎？說是那女生經過時看她顯得很幸福，覺得只有自己不幸，就上前拿刀刺死對方。那男孩的父母對他十分疼愛，但他父親常常毆打母親。目睹別人受苦比自己遭受刑拷更加痛苦，這也是一種虐待。我們一般人可以用理性控制衝動，但這些人沒辦法。要他們用意志力戰勝衝動是不可能的事。大腦都已經受損了，要怎麼產生意志力呢？所以他們總是很衝動，對酒精、賭博、性等方面容易上癮，或者施暴、殺人，或自殺。」

聽到最後兩個字，我好像臉色白了一下。舅舅看著我，露出「哎呀，我忘了」的表情。我靜靜不說話。舅舅繼續說道：

「他們不一定都會成為犯罪者，甚至有些人不會有任何社會生活方面的障礙。這與教育水準也沒任何關聯。像我的同學，從一流高中、大學畢業，腦子這部分受損的人也不在少數，他們表面看來活得很正常，在家卻常打老婆、打小孩，是那種混蛋……」

舅舅一邊用手指著自己的頭，一邊繼續說道：

「他們大都運氣不錯，沒有犯罪，但即使如此，說不定他們的孩子有一天會……」

說到這裡，舅舅用雙手搓了搓臉。姑姑一臉嚴肅聽完，問道：

「那麼崔博士，不是也有人從小挨打，或在妓院長大，最後成為優秀的人，不是嗎？所以說，那種人不一定都會衝動，不一定都會犯罪，對吧？」

「沒錯。拿病毒來比喻好了，流行同一種傳染病，有些人會得病，有些人卻好好的沒事。人類的行為很難說，不能單用一種原因去解釋。」

姑姑像是自己兒子罹癌般地纏著診斷的醫師不斷追問。這回她又問道：

「那麼，遭破壞的大腦可能修復嗎？我是指，透過醫學方式。」

舅舅答道：

「這個很難說，要看損壞的程度。」

舅舅指著窗邊的蘭花，說道：

「打個比方，我休了幾天假回來，看到這花萎了，如果澆水，立刻就能救活。但如果我離開三年，不管怎麼澆水，也救活不了。不過，修女您不是有宗教嗎？要是我再年輕個十歲，可能會舉一百種以上的根據，來堅決主張難以復原，但我老了，想法已經改變。總之，我很難斷言是不是可能修復。發生在我們周遭的事有很多都難以解釋。我覺得世上仍有太多事物無法用科學、醫學來解釋。人是很神祕的，是否能修復，恐怕只有宇宙才知道答案了。不過話說回來，很多人認為只有愛是靈丹仙藥，這就得研究什麼是愛了……哎呀，我愈講愈往哲學方向去了……是啊，宗教可能會有答案。修女您要加油！現在您做的就是傳播愛，不是嗎？」

莫尼卡姑姑好像暈了，我問她沒事吧？問話的人如今暈頭轉向，沉浸於思索之中，沒有回話。

和舅舅道別後，我們回到候診區。那對散漫的母子正在等我們。婦女一見到我們，又自顧自地說起話來：

「修女，這裡交通太不方便了，我得快點趕到餐廳去。是這樣的，老闆娘的公公中風了，已經第三次了，這老人家只是昏迷，沒死……」

「我知道了，走吧。」

姑姑打斷她的話，對我說道：

「你再辛苦一次，送他們回去吧。」

她靜靜看孩子的舉動。孩子依然一刻不得閒，一會兒爬上椅子，一會兒下來，一會兒又踢椅子。我也默默看著孩子。如果是在以前，我會認為這孩子不是人，才十一歲就殺人，還回答說麵包好吃；如果是在以前，我根本不會去認識也不會正眼去瞧這孩子。但我現在一直看著他，想到他可能和我患了同樣的病，雖然原因不同，但都是相同部位受損的殘疾人。我第一次感覺到，自己好像不是教授、畫家，也不是那個俗氣檢察官想娶的高尚女人，而是像那滿身傷痕的孩子一樣，是個可怕、散漫、多話、腦部受損的病患。這樣的我實在太沒價值了。想著想著，不禁全身起雞皮疙瘩。我也像允秀一樣，害怕那種感情。

當周遭不幸的人只為一小塊麵包努力爭奪時，
我有什麼權利享受高尚娛樂？

——克魯泡特金（Pietro Kropotkin）

藍色筆記 12

恩秀和我又回到永登浦，黑人仍然是我們這些孩子的老大。我們兄弟倆又開始到地鐵站和市場裡乞討。每當經過那間雜貨店門口，我都會站在那裡瞪著舉發我們的老闆，心裡想：「總有一天我要殺了他，然後我再死。」總有一天我會變得強大，到那時候，我也要像那混蛋對我做過的一樣，要他在我面前跪下求饒，用冷漠的眼神罵那個混蛋。我當時活下去的最大理由，就是「報仇」。

有一天，恩秀生病了，發高燒，吃不下任何東西，就連買了他最愛吃的速食碗麵，他也沒胃口吃。我只能留在他身邊照顧他，好幾天無法出門去乞討。那天，稍微退燒了，恩秀睜開眼睛，就對我說：「哥哥，在唱歌的那個人，一定長得很漂亮，對不對？」我這時才看到那間小房間開著電視。會來到這小房間，是因為黑人怕恩秀的感冒會傳染給其他孩子，才把他的房間讓給我們暫住。電視在播職棒開幕，一名女子身穿迷你裙，頭戴棒球帽，正在演唱國歌。我含糊應了一聲：「嗯。」恩秀又問：「是不是像媽媽？」我有點煩，又含糊應了一聲：「嗯。」恩秀卻開始哭了。我知道他為什麼哭，就對他破口大罵，還對生病的他拳打腳踢。恩秀哭得更大聲，邊哭邊說：「我不哭，我不哭，哥哥。」

打完他，我一個人跑了出去，和之前在街上結識的小混混一起喝酒，不想回去。我只想打人、破壞所有東西。看到路上手拉手走過的母子、並肩走的情侶、穿校服的學生，我都很想揍他們一頓。只要看起來一臉幸福的人，我都想狠狠教訓他們。後來，我出言挑釁一個和女子同行的男子，「看什麼看？沒看過啊？」再來就出手和對方幹了一架，最後被警察帶回警察局，關了幾天才出來。黑人一見到我回來很生氣，叫我帶恩秀趕快離開他那裡。「他媽的，走就走！」我氣沖沖地去帶恩秀。可是恩秀在我被關的短短幾天，竟然瘦到只剩皮包骨，臉幾乎只有原來的一半大小，看得我整個心都涼了。黑人表面上像在對我發脾氣，原來他是預料到恩秀可能會出事，才想趕走我們。我背起恩秀離開。那是個溫暖的春天夜晚，即使是惡臭沖天的陰暗巷弄裡，也公平地飄散著花香。天氣回暖了許多，鋪幾張報紙睡在地下道應該也不會凍死。恩秀和我並肩躺著，像小時候在房裡蓋棉被並躺時一樣，他握著我的手，說：「哥哥，哥哥你回來了，太好了。」又說：「唱國歌給我聽好不好。那樣比較不會冷……」但我不想唱，只對他說：「快睡吧。」恩秀「嗯」了一聲，沒再說話。我睡不著，翻來覆去，後來怕恩秀冷，一直緊緊抱住他。可是隔天早上醒來一看，恩秀死了。

12

我坐在電腦前，打了「死刑」兩個字。然後移動滑鼠，按了搜尋。隨即，無數的網頁內容、新聞報導，跟著「死刑」兩個字劈哩啪啦一起出現在電腦螢幕上。第一條搜尋結果寫著：「死刑，乃是剝奪罪犯生命，使其永久與社會隔離的最重刑罰……」電腦旁邊放著允秀寫的信。開頭是這樣寫的：「山的顏色變得不一樣了。雖然所有一切還是照常，卻好像多了些黃色，空氣也好像有了改變。應該是春天到了吧。我還能再見到春天嗎？或許這是我的最後一個春天吧。但我總有種錯覺，這像是我這輩子第一個春天……」我想到他戴手銬一個字一個字寫出這些句子的模樣。同時，心裡也浮現出那手背滿是傷痕的孩子的臉。允秀提到奧瑞斯提斯故事時說「是我！」時流淚的樣子，也不斷浮現我的心頭。我將滑鼠停在「最重刑罰」上。

允秀的話在我耳邊響起：「如果有人問我，是願意再見那位老太太，還是願意死？那我會回答寧願上絞刑台！……萬一真有上帝，那祂現在給我的就是世界上最嚴厲的刑罰。死對我來說不算什麼，我不怕死……從小就不怕死……」第一次見面的時候，他曾經回答姑姑的問話，說他最害怕的是早晨。

我用滑鼠按了另一條搜尋結果，打開的網頁上寫著「死刑制度的由來與起源……」一篇頗有意思的文章。文中提及在英國有一段宛如笑話的史實記載：扒竊一度非常猖獗，為杜絕此風，決定對扒手執行公開處刑，但沒想到當刑場聚集眾多觀看人群時，竟然發生了更多扒竊。

至一八八六年，英國布里斯托監獄監禁過一百六十七名死刑犯，其中一百六十四名曾經觀看過公開處決死刑犯。美國也實行公開處決，直到一九三〇年代末，結果美國是世界列強中，死刑犯人數僅次於中國的國家。

我走向廚房，想再倒一杯咖啡，無意中瞥見窗外，在我居住的公寓後方，真的如允秀信上寫的，綻開了一些黃色迎春花。允秀的信裡接著寫了一段：

「您走後，我夢見了弟弟。可能是因為他在春天過世的關係，一到春天，他就經常出現在我夢中。我回想到小時候弟弟生病時跑去買藥的事，當時看到整個世界一片淡綠的春天景色，那時曾莫名其妙地感到悲傷。昨晚睡覺前，我祈禱了。祈禱上帝可以讓我夢見弟弟，我想告訴他：『你喜愛的那位唱國歌的歌手，就是你問我像不像媽媽的那位漂亮歌手，她現在是優秀的教授。』弟弟可能會說：『我就知道，我早說過她一定既漂亮又優秀啊！』但昨晚，我沒有做夢而且睡得很好，很久沒這樣了。您寄來的書我也都看了。我以前從不知道書是這麼棒的東西，最近每天都在看書。或許因為這樣，想要見您一面。雖然知道您很忙，但還是希望您什麼時候可以和修女一起來。我會不會太不知羞恥了？」

他的字歪七扭八的，像青春期的男孩寫信給女老師的感覺。難道因為他是面臨死亡的人嗎？我心裡竟多愁善感了起來。不行，我搖了搖頭，這不是好徵兆。胸口像一下子喝了太多冰汽水那般，刺刺涼涼的。最近幾天，開車開到一半，會突然想到他；還會呆呆一直望著窗外，然後一個人猛搖頭。不管怎麼說，他戴著手銬寫出來的信，我不能不回，可是又很茫然，要回什麼內容好呢？「我是個想死的人，而你也是。」呃，這恐怕不太好。

就這樣，我一邊煩惱，一邊喝咖啡看著窗外。此時卻看到公寓後方的公園裡有些不對勁，有二十幾個孩子圍著一個孩子，他們看起來比國中生年紀大一點，應該是高中生的年紀吧。仔細一看，他們正在毆打那個孩子。即使從我家十五層樓窗戶看下去，都能看到被打的孩子臉上紅紅的鮮血。我不禁打了個冷顫，心頭感到不安。圍著的孩子一個接著一個，朝著被打的孩子不斷痛毆。我偶爾看過那公園裡有孩子打群架，還曾經在電梯裡見到張貼住戶會議的決議文，說是要向警察建議加強巡視公園的警力。如果是以前，我可能會對眼前這一幕視而不見吧，但現在卻辦不到。我很怕目擊到他們把人打死。於是，我拿起電話，撥了一一二給警察局。家人曾因為我，撥了幾次一一九，我卻是生平第一次撥一一二。電話那端傳來了說話聲，我說道：

「喂，這裡是……我這裡是首爾市江南區。」

我該怎麼說呢？在我結結巴巴的時候，電話那端先說了：

「是，您在西蓮公寓，是吧？」

看來韓國的一一二報警系統做得挺不錯的。

「嗯……這邊公寓一〇九棟後方公園有一群孩子在毆打一個孩子，好像打流血了……」

我拿著無線電話走到廚房後窗，再探頭往下看，那個被打的孩子倒在地上。

「孩子倒在地上了！請你們快來啊。」

「好，知道了。」

電話掛斷了。我看了一眼時鐘，是下午三點四十八分。我有些後悔剛回國時總愛取笑韓國。記得在巴黎時，有一次我和同居的男人吵架，在街上大聲嚷了起來，才不到五分鐘就有警察過來抓住我同居男人的手臂。我們兩人都嚇了一跳。警察問我：

「小姐，你沒事吧？要不要我把這男人帶到警察局？」

「不，不。我們只是在開玩笑。」

我們就這樣結束了爭吵。一定是有人從窗戶探頭往下看，然後報警，所以才出動警力。我們對於如此快速的機動力驚訝不已，記得當時我們還相約絕不透露自己是韓國人，兩人和好之後還一起進酒吧去喝了酒。

現在我站在窗邊，焦慮地再度探頭看窗外。被打的孩子躺在地上，幾分鐘過去了，仍然一動也不動。如果死了，該怎麼辦？幾個孩子把他架起來，拖出公園。既然已經打完架了，這下警察來了也沒什麼用。正當這個時候，我又看到兩個孩子架著另一個孩子走進公園，就像架著死刑犯到刑場似的。隨即，有孩子上前開始打那個被架來的孩子。公寓前後的路上完全看不到警察的蹤影，也沒聽到警笛聲。我看時鐘，已經四點了。我又再撥了一一二。

「喂，我是剛剛打電話的人。流血那個孩子被架出公園去了，他們又在毆打另一個孩子。怎麼你們還不來呢？」

「是，知道了，我們馬上到。」

電話又掛斷了。這一次我看到被打的那個孩子正要反擊。隨即，更多孩子圍著他，一起毆打他，那個想反擊的孩子無力地倒在地上，接著一群孩子圍上前去拳打腳踢。如同一群老鷹圍著將死的野獸，那群孩子根本沒有打算停手。我看時鐘，四點十五分。警察還是沒來。我緊張得心跳加速，都快吐了。挨打那孩子心中的絕望，我似乎感同身受，但卻不見警察即將出現的任何跡象。繼續在屋裡走來走去也不是辦法，於是，我又撥了電話。

「我是剛才打電話的人。怎麼還不來！孩子被打到都已經倒在地上了，整群孩子還圍著拳打腳踢！這已經是第二個被打的孩子了！」

「是，知道了。」

電話又掛斷了。我再走回廚房窗邊，看到倒地的孩子被架起來，兩個傢伙站在兩邊抓著他的手臂，另一個傢伙用武打電影那種騰空飛踢的動作，踢了那個已經無力抵抗的孩子的腹部。我全身簡直完全感受了那孩子被打的痛苦，連牙齒也不禁開始顫抖，彷彿被打的是自己。沒看到警察出現，但聽到了電話響聲。

「喂。」

「是。」

「是您報警的嗎？我們是警察……」

咱們國家的一一二報警系統可真厲害啊！我腦子裡浮現了一個笨念頭：「連報警民眾的電話號碼也知道。」

「怎麼還不來？早點來就不會又多一個孩子挨打了……現在另一個孩子正在被打！好幾個打一個。你們快來阻止啊，拜託快點！」

「喂，今天江南十字路口發生了三輛車追撞車禍……所以我們才會耽擱了。總之我們會快點趕去，請別再打一一二了。」

警察的聲音像親切的汽車維修服務人員，他說明了晚到的原因，請求我諒解。這時候我從窗戶看到那孩子似乎被打得快要不省人事。時鐘指針指著四點二十分。大韓民國萬歲！我忍住怒氣。

不久之後，傳來了警笛響聲。我緊握拳頭，等待警察快來教訓壞孩子。那群孩子應該也聽到警笛聲，有幾個跑出公園去探看。從窗口看下去，原本他們圍出的圓圈如今出現了缺口。這時，電話鈴聲又再響起。

「我是警察。這裡公園沒有什麼人啊！」

「您在哪裡？」

「在西蓮公寓的公園。」

「您該不會是在我們社區裡面的那個小公園吧？」

我拿著無線電話，跑到前陽台。那個公園是在我們社區裡頭，一個有噴水池、鋪著大理石的小公園。現在公園入口果然停著警車，警笛還在嗚嗚作響。有盪鞦韆、溜滑梯的兒童小公園裡，推著嬰兒車的幾個婦女聚在一旁看著警車。

「喂，有哪個瘋子會跑到有警衛看守的社區兒童遊戲公園去打人？是在一〇九棟後面的公園！」

隨即，警察答道：

「這位女士，你幹嘛叫那麼大聲！知道了！」

沒多久，電話鈴聲又再響起，是警察。

「……那後面，車子進得去嗎？好像沒路。」

剛才明明語氣還像汽車維修服務人員，現在卻態度很差，像不友善的搬家公司人員。我強忍住即將爆發的情緒，像查號台接線生，親切地回答：

「您必須把車停在一〇九棟前面，然後步行繞到後面，請快點！」

我拿著無線電話，再度走回廚房窗邊。警察終於快到了，一趕到，就不會再有人挨打了。我看到那群孩子像在商量什麼，其中幾個架起那個渾身是血的孩子，穿過樹叢走出公園。簡直如同電影劇本一樣，大韓民國警察這才慢慢入了鏡頭。警察大人簡直像在散步似的。我從最高層往下俯瞰，像個天神從天上注視他們的舉動。這令我有種說不出的奇怪感覺。電話鈴聲再次響起。

「這位女士，你報警了，我們趕來……但是沒人受傷啊！」

「你說什麼？什麼意思？」

我再也無法像查號台接線生那樣親切了。警察說道：

「我問過了，他們說在開中學同學會。而且我問是不是有人被打，被打的人站出來，但都沒人站出來，既然沒人被打，當然也不會有打人的人。」

我簡直快氣炸了。一時之間想不出該說什麼好，我生氣地說：

「你叫被打的人站出來？警察先生，你要不要叫打人的人也自動站出來？喂，我錯了，竟然對大韓民國警察有所期待！從報警到現在，都已經過了三十分鐘，這麼長的時間，要死人大概也死兩、三個了！」

我砰地大聲掛了電話。萬一在那裡被打的孩子是我兒子或弟弟，我豈可能放過那個警察呢？想到這裡，電話又響了，看來應該又是那個警察。法國作家巴爾札克的小說《高老頭》最後一幕，青年拉斯蒂涅爬上高處，說：「巴黎，從現在起，是你與我的對決。」而我現在的心情是：「警察，從現在起，是你與我的對決。」

「喂。」

「我是警察。這位女士，為什麼要這麼生氣呢？我們做錯什麼了嗎？請聽我解釋，會晚到是不得已的，因為今天有個身心障礙者掉進了良才川，我們把他救上來之後還得送他回家，才會這麼慢到這裡。而且這裡的孩子說他們是在玩，孩子都這麼說了，難道要我把他們抓起來刑求逼供嗎？現在都什麼年代了。」

那個警察似乎很委屈，像在對我抱怨警察的工作繁雜且辛苦，人手不足而且工作忙不完。我原本想說「這真是一場鬧劇啊」，卻忍不住生氣地說道：

「警察刑求逼供會先徵求市民同意嗎？從什麼時候開始的？如果我現在請你刑求逼供，你就會做嗎？」

「當然不能。」

我只能苦笑了。我對他說：

「……至少要教訓那些孩子，光天化日之下，大白天的，不能公然在住宅區打人。我們是大人了，至少該告訴他們這樣做是不對的。否則，那種孩子長大之後會犯更大的罪，甚至殺人，成為死刑犯！」

「說就會有用嗎？如果出了什麼問題，難道都是警察的錯嗎？這位女士，你真的有理說不通耶！」

這一回是他先粗魯地掛了電話。這次事件的結論，就是打電話的這個女士是個有理說不通的人。我反應太過度了嗎？想一想，好像是。但隨即心中也疑惑著，為什麼會反應過度？除了國中時順順死掉，我一向對別人的事漠不關心啊！這次我甚至提到死刑犯，確實反應過度了些。回到書桌前坐下來細想，這個樣子真的不像「文維貞風格」！出國七年回來之後，首先感受到的，是國人說話的語氣變粗魯了，用詞變得激烈。路上行人腳步變快了，在地鐵如果踩到別人或肩膀撞到別人，大家仍然只顧著自己往前走，根本不會說對不起之類的話。一開始我覺得那樣很無禮，不由得感到生氣，但是到了後來，發現我竟然變得沒感覺了，甚至不知道自己被踩、被撞了。他們只知一直往前走，往哪裡去呢？我不知道，他們自己也不知道吧。還有韓國電影，經常是每講幾句台詞就帶髒話，有些畫面殘忍到難以睜眼看下去，演出那些情節的演員很多都是深受觀眾喜愛的影星。儘管如此，還經常可見媒體津津樂道，報導韓國電影在世界電影節備受注目之類的消息。

我想見姑姑。也想買盆春花去看守所見允秀。我不知道為什麼會想見他。可能我是想問他：「一個看了奧瑞斯提斯故事會感動的人，一個會因第一個春天與最後一個春天而心痛的人，為什麼會做那樣的事？」我想知道人到底是什麼，到底會邪惡到什麼地步，又會善良到什麼程度。這些讓我思緒陷入混亂的問題為何不斷浮現腦海呢？這實在令我非常不安。這時電話鈴聲再次響起。真不知道這回警察又會說些什麼。這種事我總不能動用大哥出面吧，即使讓大哥出面，又能怎樣呢？我接起電話。是大哥打來的。一時之間，我以為是警察和檢察官之間有什麼聯絡網，一一二報警系統甚至能連線找到大哥？不過，這應該只是我亂想的。大哥用沉重的語氣說道：

「你快來醫院，媽又住院了。」

我為了享受人生，向神祈求一切。
神賜予我人生，就是要我享受一切。
我向神祈求的，神一樣也沒給我。
但我希望按神旨意的，神全都賜予了我。

——義大利杜林的無名勇士碑

藍色筆記 13

恩秀走後，我成了一個沒有牽絆的人，姑且不管心理，至少身體是這樣的。我開始結交壞朋友。壞朋友……不，至少他們在我肚子餓的時候會給吃的，在我受寒的時候會給衣服，在我口渴時會給酒，在我入獄時會來探望。就這樣，我經常出入少年收容所，漸漸被染得愈來愈黑。少年收容所，對於連小學都沒畢業的我而言，等於是所綜合學校。我從那裡學了犯罪技巧，學了憎惡，學了報復。裡面有數千名老師，教我拋開罪惡感，教我如何更加卑鄙無恥。一夥人偷東西的時候，我負責把風，因恐懼和緊張而神經緊繃的瞬間，我會在心裡低聲唱國歌。雖然不能像恩秀那樣感覺自己變得優秀，但至少讓我不再害怕。

13

會面室裡只有我們三個人：我、他、監獄官。他吃著我帶來的比薩，不時抬頭看我一眼。我始終沒開口說話。其實心裡正顧慮著：「這樣做對嗎？」李主任見我不發一語，把眼鏡摘下來又戴回去，反覆做了好幾回。姑姑每次來總是帶著聖經，但我沒帶。包包裡只放了香菸、口紅、錢包、小化妝盒之類的東西。他又看了看我，像是要我說點什麼的眼神，李主任也是。但我還是無法開口。窗外已經是春天景色，但這裡能看到的，只有灰撲撲的水泥牆而已。來這裡的路上，車窗外盡是暖春風光，枝頭冒出嫩綠新芽，橋下流水因為天氣回暖而潺潺流動，像剛洗過的頭髮那般輕柔地波動。翠綠草原上，到處可見零零星星悄悄綻放的小花。但那些景色都與此地無關，這裡即使春天來臨也依然死氣沉沉。王爾德說過：「在監獄裡，時間不是流逝，而是以痛苦為中心在緩緩迴轉。」大約兩坪大的空間，七、八個健康的男人整天在那小小的地方面面相覷。這些被姑姑說成「只是不夠善良的人」終日相望，如果彼此沒產生殺意，那真可算是奇蹟了。要知道，假使將一對熱戀的年輕男女關在狹窄房間一個月，他們會很快不再相愛，甚至可能會變得非常痛恨對方。

「天氣變溫暖了。可能是因為這樣，原本凍傷的地方快痊癒了，耳朵癢死了。」

允秀無可奈何地先開口說話。同時，將戴著手銬的雙手舉起來摸了摸一邊耳朵。允秀變了，如同每天都在變化的季節，如同一到春天就不再具有攻擊性的風，只會輕輕撩人衣衫的風。現在的允秀說話語氣不再帶刺了。自從我認識他之後，每次看到的他都不太一樣，就像春天的柳樹，時時刻刻都在變化著。像剛滿足歲的嬰兒一樣，每天都有很大的改變。後來我才知道，心靈的成長其實是不受限於時間法則的。

「我……」

他與監獄官同時望著我，使我有一種像站在學生面前的感覺。不，應該說像站在告解神父的面前吧。

「嗯，今天來這裡並不是因為想來，至今我都不是因為想來才來的。」

他與監獄官同時露出驚訝的眼神，但我可以清楚看到，接下來他的臉瞬間變暗了。然後他低垂著頭，表情像在說：「原來你也是偽善者。」如果再誇大一點，可能是說：「我再也不願被你們這些偽善者傷害了。」或者是：「我早料到會是這樣。」

「我……不想說謊，我很討厭講些表裡不一的話。我最討厭的，就是表裡不一。」

我費力地說完。允秀一直低垂著眼睛，沉默不語。然後突然想到什麼似的抬起頭來，對我說：

「沒關係，我以為修女來了才出來的。聽說今天有個癌症病人，修女去醫院了，所以沒辦法來這裡……也是個面臨死亡的人……所以，如果您是勉強代替修女來的，您這麼忙，現在就走也沒關係。教授……謝謝您這麼坦率。」

說到最後一句話時，他站起來，冷冷地看著我。他的臉上掠過一絲嘲笑的神情，顯然是因為曾經對我抱有期待而感到後悔。當他說「教授」兩個字時，臉上的陰霾讓人不由得猜想，他在混黑道時大概就是這種表情吧。但隨之出現的痛苦表情，像是在說，人不會因為老是遭到背叛就對背叛不感到痛苦，人也不會因為老是跌倒就能從跌倒中輕易爬起來。後來我才知道，關在這裡頭，若沒人來探視，就見不到外面的人，如果不是在天主教會面室裡，就算母親來探視也只能隔著打了孔的壓克力板見上十分鐘，因此他整個星期都在期待星期四的會面。

「我不是要走的意思。今天我會代替修女來這裡，是因為修女去醫院探望的瀕死病患是我媽媽。我拜託修女去的。我跟她說，如果她去看我媽媽，我就來這看你。所以修女去了那裡，而我來了這裡。」

我抬頭看著他，心裡有些氣惱。這人真是個急性子！他看我的眼神，就像初次見面時我看他的那種驚訝神情。他似乎不知道該說什麼才好，顯得有些緊張。

「因為我討厭我媽媽，如果我去看她，一定又會有尋死的念頭，所以我才來這裡。雖然不是喜歡你，但也不會討厭你。我們之間既沒有期待也沒有愛，不會有厭惡，所以不是彼此討厭的那種……來這裡我才不會覺得難受，不，應該說這裡比較適合我。但是請別誤會，這不是我來這裡的主要理由。」

我停頓了一下。我好像講了一堆亂七八糟的話，令他難以理解。李主任也好像有些疑惑。

「你聽了可能會覺得奇怪，但我第一次見到你的時候，覺得你和我真的很像。如果你問我為什麼，我也不太清楚。第一個想法就是，你似乎跟我一樣都討厭自己的媽媽，也一樣討厭很久了……可能是這樣。」

允秀用異樣的目光看我，再度坐回椅子上。

「為什麼會這樣想……是因為看過關於我的報導嗎？」

「我是看過沒有錯，但那是在認識你之後的事。之所以會這麼想，是因為討厭媽媽的人大概都是在沒有母愛的情況下長大的，即使長大成人，體內仍有一部分沒有成長，那個部分只有小時候受過母愛才會成長……該怎麼說呢？就好像沒有完全成熟的人臉上會有一種痕跡，而我在你臉上看到了。」

雖然知道我接下來要說的話李主任也會聽到，但我還是決定繼續說下去。儘管他會知道我不是什麼優秀的人，儘管我怕他今晚回家會跟老婆說，原來那個女歌手來探訪不是為了什麼崇高目的。想到這兒，我好像稍微能夠理解偽善者的悲哀與恐懼。

「我第一次對別人說這些話，連我舅舅是精神科醫師，我也不曾對他說過。在來這裡的路上，我一直在想自己為什麼想來這裡，後來我決定要對你說說我的想法。我接下來要說的話，是我不太容易啟口的事。但如果媽媽一直住院，這段時間我大概就會常來這裡，還是把話說清楚比較好。當然，如果你不想要我來……我就不會再來。」

李主任很懂得察言觀色，他開始一副置身事外、彷彿沒在聽的樣子。允秀盯著我看，眼神中出現了某種我不曾看過的情感，當中也有懷疑的神情。他伸長脖子注視著我，像一頭豎起耳朵、繃緊神經想搞清楚眼前物體真面目的小鹿。他投以懷疑的目光，不過這也意味著，他想要試著相信我。

我吞了一口口水，迎視他的目光：

「上次你寫給我的信中不是說了嗎？這或許是最後一個春天。對我們兩個人而言，可能都是最後一個春天，因此我不想講些陳腔濫調，我們沒有時間了，既然注定要這樣相遇，我想就和你真心地談話。……認識你之後，我第一次醒悟到，一年四季之中春天只來一次，也第一次認知必須等一整年才能再看到春天。你說，這個春天是你的第一個也是最後一個，我真的感同身受。同一個季節居然可以是第一個也是最後一個，這是我生平第一次這麼感受。每年都會來臨的季節，竟然可能是某人的最後一個季節，因此要珍惜每一天……樹木開始變得嫩綠的剎那，處處盛開的金黃色迎春花，你感覺都像是第一次看到，但才一接觸就得說再見。原來，這個世界普遍存在的無數事物未必會一直存在，有些是要在第一次或最後一次時才會銘記在心的——因為你，我才體悟到這些。而最重要的，因為你，我才知道我想殺人，而且要殺的不是我自己。」

聽到這最後一句，允秀又開始緊張了。

「你說的真心談話，究竟是指什麼？」

「我還不知道。說著說著可能就會出現吧。我不可能像莫尼卡修女那樣對你說些好話。她今天跟看守所所長說過了，從今天開始，名義上我是天主教宗教委員，這段時間就暫時用這個頭銜來探訪，但其實我連聖經也不懂，最後一次祈禱距離現在已經十五年了，之前也只有在歐洲旅行時為了買明信片而踏進過教堂。當然，我不曾想過要悔改……我是畫家，但回國後只畫過幾幅畫，開了個人畫展，此後再也沒畫畫了。我是教授，但在法國讀的只是個爛學校，有錢就能進得去的那種學校。在我任教的大學，其他教授看我的眼神像在說：這種女人怎麼能當教授？學生比教授更精明，他們的眼神說的是：哼，這個世界真不公平！有錢人家的孩子當然有錢有勢有地位，學校是她家開的，她的後台就是理事長啊！我自己想想也對。上次我因為酒駕進了警察局，警察罵我神經病，其實他們說錯了，我是少根筋的蠢蛋。」

聽到「少根筋」這幾個字，原本緊張的允秀發出像球洩了氣的嘻嘻聲。連李主任也跟著低頭笑了。或許因為笑聲的關係，會面室的氣氛似乎充滿黃色迎春花的春天感覺。其實話一出口，我也覺得自己有點可笑。看他們兩人露出感興趣的表情，我繼續說：

「……我試圖自殺過三次，最後一次是在去年冬天，為了避開精神科治療，就答應莫尼卡姑姑來這個地方。所以我是逼不得已才來的。不過，我尋死並不是因為精神不正常，是因為討厭自己，我想死。因為我十五歲的時候……」

現在想起來，自己也不明白怎麼會在他面前提起這件事。而且提這件事時，我心情很平靜，一點也不激動。從他的態度可以看出，他是全神貫注地傾聽。今天是第一次，也可能是最後一次會面，那我說不定會成為最後一個見他的人。我心中不禁疑惑著，我這輩子曾有人如此全神貫注聽我說話嗎？

「被堂哥……」

我的喉嚨哽了一下。為了壓抑情緒，我閉上嘴巴，感覺整顆心如同被撕裂般痛苦，必須閉上嘴巴才能忍住那痛楚。

「……強姦。去大伯家幫媽媽跑腿拿東西的時候。那時候，堂哥已經成家，是有太太、有孩子的人了。」

這是我第一次開口說這件事，也是第一次使用「強姦」這個客觀用語。如果要對誰說這件事，我寧願選擇跟即將看不到下一個春天的他。不知道為什麼，我從他身上感受到無數相似之處，從第一次見面就開始感受到了。最重要的是，我們兩個的人生，一樣從某時期開始就想搭上死亡列車，不管是被趕上去的或是自發性的，總之就是想搭。自從我想搭上死亡列車後，就完全打亂了看待世界的價值觀。過去認為重要的價值觀變得不重要了，過去認為不重要的卻變得重要了。有了想死的念頭，很多事都因而扭曲了，也有很多事因此看得更清楚了。死亡是世上所有價值中最高的榮譽，同時很矛盾的是，在這個以錢、錢、錢為重的世界，死亡可說是嘲諷世界的唯一手段。因為每個人一生都必須面臨一次死亡，我相信他可以理解我。

整個會面室像空無一人那樣安靜無聲。李主任和允秀屏息傾聽我說話。說不定他聽法官宣判時都還不像現在這樣緊張地傾聽。我事先沒有想過，他聽到「強姦」兩字會是怎樣的反應。話一說完，我才想起他曾經姦殺過十七歲少女。但令人意外地，他只是靜靜看著我，眼神之中流露出憐憫與同情，其中混雜著想起自身往事時無可奈何的痛苦悔意。我感覺到他的眼神裡隱含著無限悔恨。雖然揭開我的傷口就等於去觸碰他的傷口，但我決定繼續說下去：

「在那之後，我一直無法和男人發展正常關係。可以跟不愛的人交往，卻無法跟相愛的人交往。遇到相愛的人，我會因愛離開他。就這樣，我愛的人……一一離開了我。」

說到最後一句，我的眼睛痛得紅了起來。這是我第一次這麼一針見血地描述我自己。心想，我怎麼連這些話也說出來了？羞恥心讓我耳根一下子紅透了。一直以來，我以為自己很酷，分手時表現得毫不在意，但現在才發現，我似乎一直被那些事傷害，也不斷承受傷害。我可以感覺他聽我說這些話時，像個海綿似的吸收了我的真心，甚至也感受了我的羞恥。我是個真心經常遭到拒絕的人，所以對此很敏感。講到最後一句時，我看到他的眼睛也濕潤了，隨即我的心感受到一陣暖意。這就好像在寬闊溪流的兩岸各站著一個人，兩人之間拉著一條繩索，一方抖了一下繩索，另一方也會跟著抖一下。現在回想起來，當時自己可能是想安慰他說：不是只有你辛苦，所以請不要擺出一副死人面孔……諸如此類的話，是真心想安慰他。

「我看了關於你的所有新聞報導。」

我盡可能不帶任何感情，慢慢地說道。

「啊，請等一下！」

李主任制止我繼續說下去。允秀的臉整個扭曲了。李主任面帶抱歉的表情看著我說：

「在這裡談論相關案件的案情或相關的事……是不允許的。」

一時之間，我們都沉默不語。我沒再繼續說下去，但心裡不禁打了個問號，如果不允許，那能談什麼呢？我和他之所以會面的最關鍵契機，就是因為這個「案件」啊，要是排除這個「案件」，他見宗教委員的理由也就消失了。但看守所的規定就是禁止談論。說真的，我一點也不想講大道理，不想摸不著邊際地空談，譬如說耶穌降臨、你的生命是寶貴的……這類的話。我想談的是，耶穌如何來到我身邊或你身邊、我是誰或你是誰、為什麼你是個珍貴的人……之類的。允秀似乎還沒完全消化我的真心，只是低垂著頭。在他的頭頂後方，掛著林布蘭的名畫〈浪子回頭〉。那個浪子自從被畫進了那幅畫裡，自始至終一直那樣跪著，昨天是，今天也是。我看到跪地浪子的鞋，那鞋破爛不堪，好幾處露出了腳丫子。那個父親總是雙手輕撫著兒子，昨天是，今天也是。林布蘭畫的是兒子歸來的那一刻，沒有畫出父親原諒他之後舉行的宴會。

雖然父親那樣撫著他，雖然浪子回頭了，但百年過後，畫中的他仍然跪著，歸來的浪子始終沒能站起來，沒能用自己的腳在家裡行走。而在會面室裡，如同回頭浪子，跪在地上的兒子最終還是跪著，跪在絞刑台上，脖子套上絞索。

「李主任，我只是想講我的事。我不是檢察官，也不是記者，而且無意譴責……」

李主任想了一下，沉默地點了點頭。我看著允秀，他的眼神像個坐在教室裡的一年級小學生，充滿好奇、緊張，但也有些害怕，彷彿看到還不曾看過的種族，有些呆愣的樣子。

「坦白說，我不了解你。我不認為那些新聞能完整報導。雖然那些是事實，但製造出事實的真相我卻看不到。明明真相才是真的事實，人們卻毫不關心。行為的意義早在行為發生之前就已經產生了。譬如說，我想殺某人而拿刀刺向他，卻湊巧割斷了纏在他脖子上的繩索，反而救了他。但是呢，我原想割斷他脖子上的繩索，卻反倒刺到他的喉嚨……結果可就天壤之別了。前者可能受到褒揚，後者可能受處死刑。這個世界只判斷行為，因為想法是看不見的、聽不到的，那麼這個世界判定的罪與罰，究竟是否公平呢？行為只是既成事實，真相卻總是隱藏在行為的背後。我們應該要傾聽的不是事實，應該是真相才對啊。因為你，我開始有了這類想法。我想過，如果有記者寫關於我的報導，內容可能會描述得比你的還不堪吧。『文維貞這個女人三次自殺未遂，接受了精神治療卻再度試圖自殺，理由無人知道。結束。』」

他黑框眼鏡後方的眼睛裡彷彿掠過了一道閃光。若不是認識他，若不是莫尼卡姑姑，我可能也會以新聞報導來判定他這個人，會說他是個「壞蛋。結束」。然而，沒有結束。我心想，死亡或許不是結束。套用里爾克這位詩人說的話：「有些人死後還會成長。」

「我們差三歲，算同輩，說不定我們還曾經在這個國家的某個地方擦身而過。但自我去年冬天來看守所這裡之後，一直難以相信在這裡的囚犯和我是在同一個國家生活的人……說得坦白一點，我以前認為世界上只有我不幸。總是憤慨『其他人都很幸福，為什麼只有我如此不幸？』結果呢，愈是這麼想，愈讓自己變得不快樂。但是，來到看守所之後，我對自己也感到迷茫了。……這裡像是集合了世上所有的不幸，儘管我也是不幸的，但為什麼沒被關在這裡？我很驚訝這裡的每個人怎麼犯了這麼多罪，而且在罪行的背後有著各式各樣的不幸。我也很驚訝地發現，每天都有不幸的人犯了罪，然後進到這裡來，沒有一天例外。我很想知道，為什麼我在外面，你在裡面？我覺得，雖然還不知道原因是什麼，但如果能談一談，我可能就會了解自己，就會知道為什麼我不快樂、為什麼我無法幸福……你懂我在說什麼嗎？」

允秀像一座石膏像，僵硬地凝視著我。他慢慢地點了點頭。我繼續說：

「我不是因為很閒才來這裡的。如果週四排了課程，我就沒辦法來了。這學期剛好週四沒課，媽媽又住院了，這些巧合讓我來到這裡。我這個人從未做過慈善、志願服務之類的事，也不願意去做，其實是連想也不曾想過。因為我討厭做吃虧的事，所以來這裡我也希望能從你身上得到些什麼，那才公平吧？接下來輪到你說了……」

那年春天，我們的會面就是這麼開始的。他與我的會面隨時可能是最後一次，因為不知道什麼時候會執行死刑。死囚是未決犯，要到處決的那一天才會執行刑罰。所以他們不是關在感化院，而是收容未決犯的地方——首爾看守所。雖然名為首爾看守所，事實上卻有行政區域劃分的瑕疵，因為首爾看守所並不在首爾，而在京畿道義王市。儘管如此，這個看守所就是首爾看守所。

就這樣，我們每一次會面都像帶著一個括號，裡頭寫著「最後一次」，我們從未忘記這一點。每個星期四的早上十點到下午一點，每次三個小時的會面。依姑姑形容的，對我而言可以毫不在意扔到垃圾桶的三十分鐘，算起來，是六個三十分鐘。到了下個星期的週四，我們又面對面坐下來談。整個世界像抹了薄薄一層甜蜜煉乳般，充滿盎然春意，但看守所內卻仍然既冷又暗。正如同有人形容的，此地是死亡棲息的地方，照耀世界的光線愈強，籠罩這裡的陰影就愈深。

第二週的週四會面，允秀的表情很開朗，他說：

「自從最高法院判我死刑後，我胸前開始有這個紅色名牌。有一次在走廊上，遠遠走來一個人，我看他胸前有紅色名牌，感覺很刺眼，瞬間在心裡驚訝地想著：天啊，到底他是多壞的傢伙啊，竟然有紅色名牌！然後我盡量不和他對視，和他保持距離地走過去，因為害怕……但是回到牢房後，吃完飯想躺一下，突然間想到，我自己胸前不也有塊紅色名牌嗎?!」

我們全都笑了。允秀舉起戴手銬的雙手，端著咖啡杯，笑著說：

「成了極刑犯之後，誰也不敢惹我。上次過節的時候，早上吃年糕湯，很多人吃不下。就像您上次說的，每個人都很不幸，想到家中的親人或者自己的處境，個個都哭喪著臉。有人是因為家裡孩子沒媽照顧，有人是因為太太生病而哭，有人因為太太給他戴綠帽子而哭……哭到一半看到我，他們眼神全變了，像是想到：這個人馬上就要死了！他們可能覺得自己的煩惱太小兒科了，每個人紛紛說吃吧，吃吧，大家精神抖擻了起來，把飯都吃了。那個時候我才知道，原來我這個死囚對別人也有貢獻……這輩子我沒做過好事，沒想到成了死囚以後終於做了好事。這樣說對吧？」

我實在不知道該不該笑。他繼續說：

「上次您來的時候，說討厭吃虧，要公平。您知道您給了我多大的驚喜啊，我是沒有任何東西可以給人的混蛋傢伙——呃，對不起，的那種人。像這樣成天戴著手銬，沒錢又沒保管金的，也沒學過什麼，連人人都有的命也即將沒了的混蛋傢伙，呃，對不起，又說錯了。對我這種人，您竟然說您不願吃虧，要公平。我想，說這話的女人真的是少根筋吧。」

我們三人又一起笑了。他說：

「那現在我要說真心話了……我決定要成為偽善者，決定要當一個以前我光想就噁心的宗教信徒。如果聖誕節的時候還活著，我要受洗，所以現在已開始在上教理班了。金神父回來了，您知道他吧，就是我們幾個極刑犯決定不吃午餐奉獻犧牲，一起祈禱他痊癒的那一位，他奇蹟似的病好了。雖然頭髮掉光而且變瘦很多，但病好了。大家都嚷嚷著，說那是奇蹟。因為這樣，有不少人開始上教理班。我生平第一次認真思考奇蹟這種事。莫尼卡修女上週寫給我的信中提到，『石頭會變麵包，魚會變成人，那是魔術；但是人如果改變了，那是奇蹟。』我不相信奇蹟，但我想試試看，看我這種人會不會有奇蹟能過另一種生活……看來我也是少根筋吧。」

他這番話令我有些意外。而他那最後一句「少根筋」，又讓我們三人不約而同捧腹大笑。

「但是，因為您討厭，所以有關宗教的事從現在起不再說了，這樣才算公平，不是嗎？我不喜歡吃虧，也不喜歡看別人吃虧。」

允秀似乎把我上次說的話都記住了。我答道：

「很好。」

「上次見面後，我認真想過，真心話好像真的不錯。雖然我也不知道真心話到底是什麼，但是我想說出我的真心話。因為您，我第一次了解世上有真心話，也有虛假的話。也第一次知道，大學畢業後還到法國那麼美的國家去留學，既是畫家又是教授，而且家境富裕……這樣的人也會不幸福。」

他看著我，露出道歉的眼神。我只是笑了笑。其實，我的朋友也對我說過類似的話。「到底你有什麼不滿足的？幹嘛這樣子？」這是媽媽和哥哥他們常對我說的。只有莫尼卡姑姑不會這樣說，她只是偶爾自言自語：「有錢人的貧困更可怕。」

允秀又說了：

「是啊，那是我想都沒想過的事。以前我憎恨，甚至想殺那些有錢的混蛋傢伙，呃，對不起。我認為他們該享受的都享受過了，死也沒什麼可遺憾了，卻沒想到連有錢人家的女孩也有那樣的痛苦……」

允秀稍微觀察了我的眼神。強姦，這兩個字他沒講。猶豫了一下，他接著說：

「……也會想尋死，這我簡直無法相信。」

他講的是真心話，因為他看我的眼神充滿憐憫。且不管他是什麼人，我這輩子第一次被男人用充滿憐憫的目光注視。他低頭沉默了一會兒，又再說道：

「我認識您之後才第一次知道，像您這樣的女子……和我在同一個世界的不同地方，卻一樣感到痛苦、想死。俗話說，富人也有煩惱，學再多也有不知之處。身為男人，我第一次了解到……強行對一名女子……侵犯，比殺死對方更殘忍。那天回去後，我一連好幾天都感到抱歉，想替那個男人向您道歉。除了對您感到抱歉，還有……那死去的，十七歲的……」

他停頓了一下，把臉埋到戴著閃亮手銬的雙手裡，整個頭低垂著。他的雙手因為手銬的關係，總是握在一起，乍看像在祈禱。

「真的……對不起。雖然說對不起是不夠的……但是對不起！對不起！如果死能為那件錯誤贖罪……要我死十遍也可以……檢察官對我大吼大叫時我也不覺得抱歉……以為自己受刑處決也絕對不會感到抱歉……但我現在卻不知不覺感到抱歉、愧疚了……」

他閉上眼睛，淚水從緊閉的眼中掉落。我敢說，他並不是矯情造作。我沒有意思要教化他，他卻開始講一些懺悔的話，這讓我很不安。我幾乎無法把上網搜尋到的里門洞劫殺案主犯鄭允秀，和眼前我認識的鄭允秀視為同一人。在會面過程中，我突然想，這人真的有可能姦殺少女嗎？這想法讓自己嚇了一跳。與他面對面坐著，笑著喝咖啡，心裡卻感到疼痛，很想問他：「當時你非做不可嗎？」就好像姑姑到醫院探視我之後問的那句：「你非得這樣做嗎？」雖然聽起來很傻，但我很想問問允秀。

「回想那段時間……不知您信不信，我也不知道為什麼會做出那種事。感覺像看自己在演電影。挾持人質被捕時，我一度覺得那不是我。問題是，那確實是我。無法挽回了，現在懺悔或者請求原諒都已經沒有用了……現在我才知道……那確實是我！」

他激動得全身顫抖。李主任拿出衛生紙遞給他。他接過衛生紙，擦了擦額頭冒出的汗水。

「還有……」

他低頭看著已被汗水沾濕的衛生紙，繼續說道：

「我對別人用敬語說話，這還是生平第一次。稱呼『您』……讓我感覺到，我們的國語真的很棒。」

我打開那天帶過去的壽司便當。因為怕他沒辦法用筷子，所以我帶了叉子。他吃得不多。李主任、我，還有他，我們三人都在喝那天泡的綠茶。

「李主任，您也說句真心話吧。我們兩個沒人給錢都說了，李主任您聽了真心話還能拿薪俸呢。」

我轉移話題，李主任隨即笑了，他說：

「我是個沉默寡言的人……也真的沒什麼好拿出來說的……如果真要說，有件事倒是可以告訴兩位，我和兩位一樣……都是少根筋的蠢蛋。」

我們三個人不約而同都笑了。接著，三個少根筋的蠢蛋如同朋友般聊了起來。死亡、不安、殺人記憶、恐懼和詛咒，彷彿在此刻遠離了我們。明明那些都還在我們會面的背後嚴陣以待，令我害怕，但我們盡量不提。就這樣，這一季就在每週三小時的會面中度過了。

死刑制度對於非受刑者而言
可有可無。那些被判死刑的人
在精神方面會受到數月乃至數年的折磨，
在肉體方面會遭受頭顱被砍而尚未斷氣的絕望與殘忍。
死刑制度只對死刑犯有意義。
既然沒有其他足以稱道之處，
我們至少要回到真實這一點，
承認此刑罰的本質吧，
死刑的本質就是報復。

——卡繆（Albert Camus）《思索斷頭台》

藍色筆記14

有一天，我認識了一個女人，她在我住處附近的美容院工作。我們這群無賴都很喜歡這個女人，但不論怎麼勾引，她都不為所動。有人去剪頭髮，因為喜歡她就想多付點錢，她說，壞人的錢她不能多收。她講起話來很直爽，像在哪裡混過的大姊頭，但事實上卻不是。

我愛上了這個女人。當然，她也不討厭我。我說我要和她一起過生活，她卻提了一個令人意外的建議。她說，如果要在一起就必須結婚，如果要結婚就必須放棄一切，離開那裡去重新過生活。她說她討厭壞人……她的建議讓我覺得猶豫，因為我什麼都不會。坦白說，偷幾次就能得到的東西，用勞力恐怕連十分之一都得不到。如果要結婚，需要有房子，光用勞力賺一百年可能也買不到房子。但是又覺得，只要能和她在一起，就算天涯海角我也願意去。於是我們一起離開了那裡，她找了一家美容院工作，我在小超市裡當送貨員。日子過得辛苦，卻也很幸福。後來，她懷孕了，我們十分高興。但沒過多久，有一天夜裡她肚子痛，我趕緊背她去醫院，醫生說是子宮外孕，需要快點動手術，費用三百萬韓元。醫生還說，因為危及性命，得盡快動手術才行。她看著我，說她很害怕。我也是很害怕，我不能讓她像恩秀那樣死去。安排她住院後，我不得已去找以前的朋友。過去在道上混得很不錯的時候曾經大撈過一票，那筆錢借給了一個朋友，我想去跟他要回來。但是那朋友不在，跟他很要好的一個前輩向我提議：「就幹一票吧！」我沒辦法，心想：「好，只幹一票，最後一次。」

14

噴泉隨著優美的音樂舞出水舞。手裡拿著冰淇淋甜筒的孩子在噴泉旁跑來跑去，穿正式服裝去聽音樂會的人們雙雙對對從我身邊走過。我比約定時間提早到藝術殿堂，時間還很充裕，所以我先到露天咖啡館喝杯咖啡。季節變得很快，學校放假已經一星期了。我看著身旁來來往往的人，從包包裡拿出小本素描本，隨手畫了起來。穿著從腰部展開像芭蕾舞者的蓬鬆蕾絲裙的女孩、穿短褲手拿五顏六色汽球的男孩、穿無袖上衣露出手臂優美曲線的女人，以及牽著她們手的男人，這是一個美好的夏日傍晚。我畫到一半時，突然想到：「他們幸福嗎？」如果是以前，我一定像在暗巷裡望著燈火窗戶的流浪漢，認為他們一定是幸福的。甚至認為，只要進入那窗戶裡面，幸福就會像餐桌上的銀色餐具一樣乖乖地等在那裡。只有我獨自一人，像被驅逐到荒野赤腳走在不見盡頭的夜路，孤單寂寞，夜夜輾轉難眠。但是此時此刻，我的想法變了，我知道每個人都不是在幸福與不幸的明顯界線內，大家都有幸福與不幸的一面。不，應該再說得更確切一點，如果把世界上的人分為兩類，或許是：有時候不幸的人、完全不幸的人。但事實上，這兩類人是無法用客觀方式區分的。引用卡繆的話說：沒有人是絕對幸福的，只是在幸福之中每個人的心靈貧瘠程度有高有低而已。

畫滿一頁素描之後，我翻頁打算再畫，突然想到在藝術殿堂後面看不到的遠處，允秀就在那裡。我心裡浮現一位曾經遭受長期監禁的教授說過的話：「在監獄裡，冬季是人道的季節，而夏季卻是令人對身邊獄友感到憎恨的季節。」在狹窄的牢房裡，除了換衣服，其他時候都必須一直戴著手銬。年輕力壯的允秀容易出汗，待在那裡還得時時刻刻忍受別人的體溫。他說過：「我很怕熱，可能因為在很冷的地方睡慣了。」我看他想擦汗，但手銬一直讓他行動不方便……手銬把手腕都磨破皮了，紅紅的傷口由於天氣炎熱而潰爛。李主任一邊把我帶去的藥擦在允秀手腕，一邊說：「現在還算好呢，聽前輩們說，過去曾有一個極刑犯在夏天時手腕長出了蛆蟲。」不知不覺地，我不再畫象徵幸福的音樂噴泉、孩子、冰淇淋，而改畫允秀的手。除了三十分鐘的放風時間，一天二十四小時都待在不見陽光的地方，他的手腕蒼白，藍色靜脈清晰可見。我畫了他蒼白的手腕、銀色發亮的手銬、滿是傷痕的手、偶爾看我一眼就迅速垂下的目光。「您知道我多麼盼望星期四嗎？真希望這個世界上只有星期四。」他在信裡這樣寫道。他像個孩子似的，而他的孩子氣讓我束手無策。自從認識他之後，每當我享受溫暖陽光、清新的微風、涼爽的冷氣時，心裡都會不由得感到抱歉。喝著加滿冰塊的檸檬汽水時，把放在冰箱冷凍室裡結了一層白霜的杯子拿來倒入啤酒，在喝的時候，他的臉會突然出現在杯子與我之間，這種時候我的快樂滿足會和我花費的錢成反比，常常被搞得心情快樂不起來。據說有一位虔誠的女佛教徒，在兒子成了死囚後，就在看守所附近租了一間和兒子牢房同樣大小的屋子，冬天不取暖，夏天緊閉門窗。這個母親每天朝著看守所拜三千次，每天去探望兒子。或許是感動了上天吧，兒子最終減為無期徒刑。這件事在首爾看守所傳為佳話。記得有一次我和朋友喝酒，朋友談起了軍隊的事，說大韓民國的軍隊不容小覷。他曾是在前方部隊服役的情報部軍官，我記得他說，軍隊規定有些士兵不能派到離北韓很近的非武裝區，第一種條件就是沒有母親的人。母親是愛的化身，喪母的人已經夠可憐了。

有人從背後走過來，拍了拍我的肩膀。是大哥，他穿著一身深藍色西裝。天氣這麼熱，他甚至還打了領帶，一定很不舒服。不過，這算是他的制服，他上班必須這麼穿。大哥說：

「來得很早哦！」

但他一看到我素描本上畫的手腕和手銬，表情瞬間變得僵硬。我闔上了素描本。大哥一邊用他手上的文件袋當扇子搧風，一邊說：

「那個地方你還去嗎？」

他語氣隱約有些不悅，對此我不是不知道。我沒有答話，挽起大哥的手臂，和他走進一家有冷氣的涼爽餐廳。

點完餐，我瞄了一眼他手上的文件袋，好像是預購了演奏會的門票。大哥意識到我的目光，說道：

「你大嫂要我順便幫她買的。」

「大韓民國的檢察官真是模範丈夫啊！」

一聽到我這句話，大哥笑著說：

「沒辦法呀，常看她為了演奏會神經緊繃，有時感覺我的案子根本不算什麼……所以還是照著她說的去做比較好。」

我們家的男人，包括已故的父親，個個都對女人很順從。用媽媽的話說，簡直到了百依百順的地步。我和大哥似乎都很刻意先不談今天見面的主題，也就是媽媽的事。

「維燦他太太……」

他先提三哥的事。不，是提三哥老婆的事。三嫂是電影明星出身，藝名叫徐麗娜，但本名叫徐英子。反正還沒上菜，就先聊一下。我們都知道，津津有味地用餐和談論媽媽，兩者是不能同時進行的。我們可說是先從非武裝區開始。

「她來檢察廳找我，事先也沒打個電話……」

我用叉子叉起一塊鮭魚吐司，一邊吃著前菜，一邊看著大哥。三個嫂子之中，如果談徐英子，會比談鋼琴家大嫂或醫師二嫂來得讓我心情好一些。

「來了也不搞清楚，就一直替上週跑進她家的小偷求情，那小偷現在被羈押在警局做調查，她請我幫忙放了那個人。」

「徐英子家遭小偷了嗎？可是徐英子幹嘛替那個人求情？難道那個犯人是徐英子的舊情人？」

大哥講到一半，被我擾亂得停頓了。我決定穩重點，不再打岔，他才又說道：

「問題是，那個小偷是在偷竊現場被你三哥抓到的，可是徐英子，哎呀，怎麼連我也叫她徐英子……都是因為你一直叫徐英子、徐英子的。」

大哥露出責備的表情，同時笑了一下。感覺這時我們彷彿回到了過去。在我快滿十五歲時，大哥到司法研修院工作，拿到第一個月薪水後，只帶我一個人出門，買了香甜好吃的冰淇淋給我吃，現在回想起來，感覺像傳說般遙遠、模糊。

「三弟妹之前就撞見過那孩子偷東西，但她不但沒報案，還在抓到他之後給吃的、穿的，讓他洗澡，甚至買了雙鞋子送他，就放他走了。維燦不知道自己老婆這樣做。在那件事之後幾天，維燦回家，一進門就看到那孩子勒著徐英子，哎呀，是三弟妹才對……總之，在客廳沙發正勒著她脖子，勒一個已經懷孕的人！所以維燦趕緊跑過去，揪住那小偷，說是十五歲，但看起來像小學三年級的一個男孩。維燦那時才知道那孩子有前科，還被徐英子逮過。你三哥當然不放過他，就抓他去警局了，可是……你三嫂來求我幫忙放了他。」

聽到這裡，我還是不太清楚到底怎麼一回事。大哥笑了一下，然後將一杯雪莉餐前酒一口氣喝完。

「聽說你三嫂是那個地區有名的大好人。如果見到乞丐，會帶他回家，讓他洗澡還給吃的，看見鄰里有窮工坐在地上吃飯，也會讓他們去家裡，招待飯菜……總之，去過他們家的流浪漢如果沒有一個大隊，也有一個中隊兵力了。維燦看她總是那樣，有一次甚至離家出走鬧離婚。」

大哥抽了一口香菸，又說：

「她來找我時，沒有化妝，衣服也穿得很普通……在檢察廳喊我時，我差點認不出來。是因為年紀大了嗎？她當年是多麼漂亮多麼可愛的徐麗娜啊！」

對於當年的徐麗娜美貌已不復見，大哥似乎感到相當在意。我回想起，當年身為經濟系教授的三哥說「我要結婚了，對方名叫徐麗娜」的那一幕。大哥和二哥在媽媽說「你瘋了嗎」的當下，連理也不理，反倒一臉驚嘆與羨慕的表情，高興地問三哥：「什麼時候帶她來家裡？」

「聽維燦說，剛新婚不久也發生過類似的事……小偷把他們結婚的首飾全偷走了，後來警察抓到那小偷，通知他們去認領首飾。你三嫂徐英子，在警察認出她是明星徐麗娜之後，還哭著向警察哀求，說她認識那偷東西的孩子，她願意負責，請求警察放了那孩子。可能因為被偷的人都那樣求情了，而且那偷東西的孩子年紀也還小，所以警察就放了那孩子。……好像是去年吧，徐英子有一次偶然搭計程車，司機問她認不認得自己，她沒認出來，司機也就沒多說什麼。到了目的地，她下車辦完事出來，看到那司機還在等她，而且見到她就跪在地上說：『我就是那時候您在警局好心放走的某某某。』那司機生意也不管了，請她去看看他家人，他已娶了妻子還有個剛滿周歲的孩子，他妻子說他每天都說恩人的事，說永遠不會忘記當時在警局哀求著要警察放了自己的那位阿姨的恩情，現在自己總算活得像個人樣，這些年每遇到困難事，他都是一邊想著那阿姨的眼淚，一邊咬緊牙關，才沒走歪道。」

主菜上桌了，我們沉默了一下。

「她這種人真是少見啊。再怎麼樣也是曾經風光過的女星，卻有辦法忍受媽媽的神經質，其他媳婦都不做的祭祀還有家務事，她都做得很好，雖然如此……反正她來找我，說那孩子年紀還小，要我想辦法放了他，如果將那孩子定了罪多一個前科，只會害了那孩子……真是為難啊。所以我找人安排了一下，又打電話給維燦，問他怎麼找到這麼了不起的妻子。結果維燦那傢伙左嘆一聲右嘆一聲地說：『哥，要成就一個聖人，就得要犧牲十個人，我現在很落魄啊，快露宿街頭了。』」

我們一起笑了。我發現，以前我對三嫂大學沒畢業而且總是唯唯諾諾的個性抱著輕視的態度，而這種態度等於是用了媽媽判斷事物的那套標準。我明明那麼痛恨媽媽的那套標準，覺得俗不可耐，自己一直以來卻也用那標準在看人。還嘲笑人家俗不可耐，輕視他們，其實自己不也是一樣。她那樣做確實不恰當，有些情況甚至會招來危險。要是住在一起，正如三哥說的，會很疲憊落魄。但我必須承認我看人的眼光實在很差。我對三嫂很抱歉。

「對檢察官來說，有這樣的家人實在很為難。要是人人都這樣，檢察廳豈不是要關門了。」

大哥笑了笑，看著我說：

「喂，別小看我們檢察官，你以為我們什麼人都抓嗎？該講人情的時候我們也會講人情的，上次來了一個拘小孩偷東西的女人，我實在不忍心，就問她以後真的不會再犯了嗎？得到她的保證後就對她暫不起訴，把她放走了。」

「我不信！」

我一邊拿叉子把義大利麵捲起來，一邊說。大哥又笑了。但是我幾乎沒吃什麼。

「媽媽她……」

大哥切牛排切到一半，停下來瞄了我一眼，無力地開口：

「她身體好多了。檢查過，不是癌症復發，但她堅持要待在醫院裡，現在住在ＶＩＰ病房。她偏要說是復發，有什麼辦法呢？她說在醫院才會安心……你去看看她吧。我每天下班會順便去看她一下，她畢竟是媽媽啊，不管癌症復不復發，年紀那麼大，來日不多了。」

大哥用勸誘的語氣說道。我原以為大哥約我出來吃飯是要責備我沒去看媽媽，沒想到他語氣這麼溫和。他放下刀叉，把剛剛加點的葡萄酒整杯喝完，嘆了一口氣。用我和允秀「真心話」的說法，看來他要開始講真心話了。我突然意識到，大哥做檢察官很久了。此時大哥的臉上簡直就是檢察官的表情，雖然我沒當過犯人，沒和檢察官面對面過，卻有這樣的感覺。

「上次你在梨泰院喝酒之後說的話……」

我心裡驚了一下，但還是盡量試著拿起葡萄酒杯，慢慢地喝。

「維貞，是真的嗎？」

我垂下眼睛，不想再說什麼。姑姑曾說過，殺人案件的受害家屬大都不願意見她，因此，與受害家屬見面會比教化死囚還困難，對姑姑來說是最困難的。現在我大概可以理解了，當初聽姑姑那麼說時還難以體會，如今成了當事人，我很快就理解了。

「對不起，從那天起我一直很掛念，晚上都睡不好……我以前真的不知道，真的。那時候媽媽說你只是被戲弄，因為正值青春期而對性方面的事很敏感，我當時只聽了這些話……但，我還是難以置信，那個堂哥在外面表現得那麼斯文……」

「不要再說了，大哥。」

說完，我拿起一根香菸，但是手抖得很厲害，把香菸拿反了放到嘴巴，好不容易點火之後，香菸又掉到了地上。我說：

「好了，媽媽說得對，不要再說了！」

我乾脆放棄抽菸了。

「原來是事實。」

大哥是檢察官。說謊的犯人，他少說也見過數千人了。他的眼眶漸漸變紅，說道：

「我問了當律師的朋友，如果你想……可以民事訴訟……」

大哥說完，吸了一口香菸。這不是件容易的事，那個人是全球知名大企業的高層主管，是個虔誠的基督教徒，人品好是出了名的。真的可以用十五年前強姦堂妹的罪行要求損害賠償嗎？世人一定會議論紛紛，因為他們不知道是誰在說謊。

若要拿出證據，我拿得出來的就只有我個人的陳述而已。而且我有多次自殺未遂的紀錄，曾經因為酗酒而接受過精神治療，恐怕我被判誣告的可能性反倒比較大。大哥不可能不知道這些情況。

「我想過了……如果你想的話，即使我因此失去官職，即使媽媽會暴跳如雷，我也要不惜脫下檢察官制服，改行去開律師事務所，幫你打官司。維貞，如果是事實，身為大哥的我怎麼可以……怎麼可以……讓那種人逍遙法外，絕對不行！」

大哥激動得說不出話來。聽到這裡，我感到很抱歉。我遭遇了那樣的事，用媽媽的話說：「女孩子青春期到處風騷才會有那種事發生。」而在十五年後的今天仍讓自己大哥這樣心痛，我真的很抱歉。大哥他為了護我這個妹妹，不惜拋棄官職，明知就算試上二十次也會訴訟失敗。對這樣的大哥，我既感激又抱歉。

「我身為大韓民國檢察官，自認為當之無愧。在你三嫂或你看來，我像是會把人變成有偷竊前科的那種檢察官，但我不是！在別人面前，為了司法正義，很多時候我都是於心不忍也得拘捕。但我問心無愧，我一直如此堅持，就是為了證明，必須有人來扮演冷酷的角色，真正善良的人才能受到法律保護，才有正義可言；如果做了壞事，即使再有錢，後台再硬，也不行。」

我的心好像發出了嘎吱嘎吱的響聲，大哥似乎掀開了我久未碰觸的傷口。

「可以了，哥。你能這樣說就足夠了……沒關係。」

我說的是真的。儘管還不能完全滿足我的心，但確實得到了很大的安慰。真正無法忍受的是，身為受害者的我卻被當作說謊者，而那些我以為會保護我、愛我、為我阻擋一切傷害的人反而嘲笑我、諷刺我。那件事對我的打擊很大，但打擊更大的是之後家人的反應，那是無法抹去的傷痕。愈是曾經愛過、相信過的人，給我的打擊愈大。但現在，大哥說他不知道，那應該是實情，因為很多事我也不知道。我嘲笑過三嫂，當媽媽說「大學教授收入再怎麼微薄，做妻子的也不該穿成那樣出門」時，我也跟著嘲笑過。大哥這些年來有什麼痛苦事，二哥、三哥發生什麼事，我也是不知道……可能以後也會一直不得而知吧。還有，看守所裡那些令人震驚的事也是進去探訪之後才了解……那些人那麼貧窮，窮到在看守所裡靠不足千元的保管金生活……殺了三個人還強姦少女的極惡罪犯鄭允秀，為何笑得那麼開心、哭得那麼痛苦，也是探訪之後才知道。如果不知道，還能怎麼樣呢？我們就是耶穌所說的，不知道自己在做什麼的「他們」，甚至於，不知道我們就是「他們」。

大哥的表情很沉痛。我像安慰似的，伸手拍了拍大哥的手背，勉強擠出笑容。大哥用難過的語氣說道：

「不要今天就決定……再想想吧。」

我想轉移話題，說：

「大哥，再審是怎麼樣再審的？」

大哥露出意外的表情。我繼續說：

「被判死刑的人……再審的話可以活下來嗎？」

大哥臉上的難過與憐憫神色瞬間一掃而空，取而代之的，像是疲憊的神情，也像媽媽說我跟姑姑很像時的表情。

「再審……是在抓到真凶，或者有足以推翻原判的決定性證據出現了，才能再審，怎麼問這個？」

我有些猶豫，說道：

「哥，我現在會面的那個死刑犯……是叫鄭允秀，里門洞母女劫殺案的凶手。那個人……雖然他自己沒說，但身邊的人都說，他把共犯的罪也頂了下來。當初會知道，不是從他自己口中說出來的，是那個共犯親口說的。那個共犯在誇耀的時候說的，所以能確定不是編造的。那個共犯現在在大田還是原州服刑，才判了十五年，要是獲減刑，說不定馬上就能出獄……」

大哥突然一副「就這麼點情報？」的表情，笑了出來。

「為什麼這樣笑？要是能再審，我會想辦法讓那個人說實話。」

大哥一直盯著我看，像是覺得自己妹妹年幼無知。他說：

「說實話？可是維貞啊，那個案子已經結案了，而且大韓民國司法部怎麼可能草草結案？就算那些人說謊，司法部也不會完全被左右的。」

大哥似乎不想再繼續這個話題，拿起香菸盒敲啊敲的，漠不關心。

「我這陣子一直和他會面，所以我知道……他不會說謊。是監獄官悄悄告訴我共犯的事。這幾次會面下來，我知道，他在被捕的時候一心求死。而且他第一次見到姑姑時也說：讓他就這樣死掉，別管他。就是因為想死，才把所有罪都頂了。哥你也知道，我是不太相信人的。但我相信他。因為我也有過想死的念頭，所以我能了解他，如果是我，我也會那麼做……他真的是幫人頂罪。雖然做過壞事，但不會說謊！」

「別說了。」

大哥語氣堅決，像再也忍不住怒氣，非常生氣地打斷了我的話。他這樣讓我感覺像是原本跟誰有說有笑聊得好好的，對方卻突然用力推我，使我往後摔了個跟頭。明明五分鐘前還說為了我不惜脫掉檢察官的制服，甘心遭受社會非議，卻轉眼間便消失得無影無蹤。現在眼前的人只是大韓民國檢察官文維植。Persona，人格面具，據說這詞來自希臘戲劇用語，戲劇中演員會戴特殊面具表現劇中人物的角色與人格。那麼，大哥的面具是哪一個呢？我氣呼呼地說：

「大韓民國司法部有什麼了不起的？又不是上帝，怎可能所有事都知道？」

大哥嚴肅地看我。一副「什麼都能原諒，唯獨這個不能原諒」的表情。大哥提高他的音調，說道：

「已經是什麼時代了，怎麼可能只聽犯人片面之詞就判死刑。你以為法官只看犯人的自白就下判決嗎？」

我答道：

「但還是很難完全知道真相啊，事件的真相只有當事者和上帝最清楚吧。就連美國，每年都有大約十件誤判的案子，甚至有案例是將人殺了才發現真凶。大哥你敢保證不會有出錯的時候嗎？應該有人冤死吧？這你不能否認吧？」

大哥很生氣地說道：

「不是將人殺了，是執行死刑！」

「就是殺啊。」

「是執行死刑！」

「那等於和殺沒兩樣！」

大哥嘆了一口氣。我繼續說道：

「不管怎麼樣，就是殺。漢江大橋爆炸案的那個崔什麼植的人，不就被錯殺了？還有那個叫吳輝雄的名人，人民革命黨的那些人不也是嗎？此外還有很多是最高法院判決死刑後，因為抓到真凶才被釋放的人。那些真凶都是偶然抓到的，根本不是檢察官或司法部為了查明真相而奔走的結果！」

大哥又嘆了一口氣，似乎不想再繼續話題，但我哀求地對他說：

「之前不是有個警察因為涉嫌殺死情婦而被捕？大哥你也應該知道那個案件吧？他和情婦在旅館住了一晚，隔天七點去上班，後來那個情婦被發現死在旅館房間裡。那警察被當作凶嫌，因為他被認為在簽到時故意簽得比實際上班時間更早，結果被捕了。又因為他連偽造證據都有了，而被判了死刑……那個警察也承認是自己殺的。他為什麼要認罪呢？因為他是警察，他對警察辦案的方式很清楚，知道自己怎麼樣也洗脫不了罪名。他乖乖地認罪，是希望能被判個無期徒刑。當時湊巧有個流氓因為偷竊被捕，在他那裡搜出了情婦死亡時所待的旅館房間鑰匙。查出真凶後，那個警察才被釋放。還有啊，好像是在慶州，有個被當成殺人凶手的人極力否認，說自己沒殺人、不是凶手。檢察官花了一番工夫找了證據才讓那人俯首認罪。這案件的辦案過程甚至還被選為司法研修院的教材內容，說明檢察官了不起的搜索調查。後來抓到真凶了，一樣是湊巧抓到的！」

大哥露出難以置信的表情。

「你什麼時候學了這麼多的？」

我搖了搖頭，想大聲質問大哥：「為什麼非要這樣看人？」卻突然想到，這是莫尼卡姑姑偶爾會對我說的話。我和姑姑真的太像了。剎那間，我很想當的是以前那會摔唱片的文維貞，而不是現在這個已經變了的文維貞。那麼，我的Persona，哪個面具才是真實的呢？其實說起來，我有些前後矛盾，五分鐘前還說不願意原諒堂哥，現在卻彷彿是鄭允秀的媽，不斷袒護。

「大哥……」

「就算我是總統也不行啊。我看是那傢伙亂說的吧，隨便說自己沒殺人。告訴你，他們那種人說謊是家常便飯。維貞，你聽我的話。我了解你的心情，但我至少比你更了解那些人。」

「可是他們之中也有人不是那種人啊。人一定都有想死的時候，人也一定有精神不正常的時候，這種時候就可能說謊啊。其實就連我，還有大哥你，在這種時候都會說謊吧。有人說，大韓民國檢察官都是壞蛋！這也不全然是事實啊。我們不該把人歸為單一種類，每個人都有各自的苦衷，每個人也都有各種不同的面貌表情啊。」

大哥看了看手錶，露出疲憊的神情，他似乎很想趕快離開的樣子。此時他一副「為什麼自己妹妹要幫那些人間敗類辯護」的不解表情。但我繼續說道：

「……只是讓他活下去，不行嗎？」

大哥又笑了笑，似乎感到疲倦地揉了揉眼睛。彷彿在說：「和妹妹久未見面，本來是想安慰她的，卻轉到了這種話題。」

「我只是希望能讓他活下去，不是要釋放他。」

大哥雙手抱胸，緩緩搖了搖頭，似乎在說不可能。

「反正是會死的，就試試看，救救他吧，頂多再活五十年就會死。哥，你就這麼喜歡活下去，救人卻這麼不樂意？」

我生氣地大喊，同時發現自己心居然在痛。等說完了，在閉上大喊的嘴巴時，我不得不承認自己為他們的處境感到心痛，眼淚就要隨時奪眶而出。大哥被我的樣子嚇了一跳，臉色有些蒼白。我正視著大哥，慢慢地說：

「大哥，我曾想殺了那個混蛋！」

一直盯著我看的大哥像是被這句話驚嚇到了，臉色僵硬。我繼續說：

「我真的想過要這麼做，想了很多次。拿刀闖入他家，在他妻兒面前殺了他。他女兒現在十五歲了吧？我要在她們面前用刀刺，用最痛苦的方法殺那個混蛋……怎麼想都覺得那個混蛋、那傢伙，根本不是人。但那混蛋的全家福照片竟然刊在雜誌上，還報導他上教會祈禱的事……看到那本雜誌時，我差點衝到他家去刺殺那混蛋。」

大哥面帶恐懼地喊道：

「維貞！」

我降低聲音說：

「是啊，我知道，殺人是壞事，所以我沒殺，也沒勇氣、沒機會……可是，如果我殺了，會怎麼樣？就因為我認為那混蛋是人間敗類，該死，所以我把他吊死，那就是殺人；若把殺了人的我逮捕，以殺人罪名吊死我，那就是正義，是這樣嗎？同樣都是由人來判斷此人該死。一樣是人殺人，但卻如大哥你說的，一個是殺人，一個是執行死刑！一個成了殺人犯，所以被處死罪；另一個卻能獲得晉升……這就是正義嗎？」

大哥臉色僵硬，目不轉睛凝視著我。過了一會兒他笑著說：

「我們維貞常去探監之後，真的變乖了。」

說完，他拿著帳單站起來去結帳。

我們坐在發霉的地下室和狹小的牢房裡，
因受到破碎與破壞性命運的突襲而呻吟。
我們最終已不再賦予事物錯誤的光彩與錯誤的尊嚴，
而是開始接受事物的原樣，接受沒有救援的生活。

——死於納粹獄中的阿爾弗雷德·德爾普（Alfred Delp）

藍色筆記 15

真有命運這種東西嗎？可能真的存在吧。

那一天，我和前輩要去搶一家位在議政府的銀樓，我們搭地鐵準備去探看地點。應該要在東大門轉乘的，因為我們兩人顧著講話沒注意，錯過了那一站，只好在東大門運動場站下車。結果在那裡遇到了我命運中的女人。如果那天我記住了轉乘的地點，我現在會是什麼樣的情況？我會得到救贖嗎？

那個女人是以前我和壞朋友一起混時，大家常去的一家酒館的老闆娘，大約四十歲左右。在坐過頭的地鐵站裡，迎面碰上了她。她從以前就對我很好，像對待弟弟般，偶爾還會塞給我零用錢。聽說她的人品很差（不過人品好壞是以什麼為依據呢），但她常常對我送秋波。對我來說，她年紀太大了，我不可能和她在一起，而且莫名地討厭她，我說不上是為什麼，可能冥冥之中感覺到我們之間有某種惡緣的關係吧。那天碰面時，她說剛好酒館那天休息，邀我到她家去喝一杯。我很討厭女人那麼露骨地勾引我，原本想拒絕，卻看到前輩使眼色要我答應。那前輩也知道她很有錢，但當時我以為他使眼色只是想去喝酒，雖然不情願，還是一起去了里門洞那女人的公寓。

那女人一進家門，就換上了薄薄半透明的裙子，拿出酒和我們一起喝沒幾杯，她說有事要單獨和我談。我叫前輩等我，就跟她進了她房間。想到我愛的女人因為懷了孩子而在生死線上掙扎，我實在沒空和那女人喝酒閒聊。我直接就開口求她借我三百萬元，也保證我無論如何都會償還這筆錢。她聽了之後要我交換條件，說她可以借我三百萬去救愛人，但我必須在手術完後來和她一起生活。在攸關生死的時刻，她居然提這種交換條件，簡直在拖延我的時間，我不由得發怒。我生氣地拒絕，起身要離開的時候，從對面房間傳來了慘叫聲。

15

下了好幾場大雨，刮了好幾次大風之後，夏天的腳步慢慢走遠了。我像《小王子》裡每到下午四點就開始期盼的狐狸一樣，總在期盼星期四的到來。星期四我盡量不安排任何約會，每到星期三晚上就開始思考要和允秀談什麼。只要想到他整個星期都在沒人探視的監獄裡等我，我連生病都不敢在星期四生病。允秀以驚人的速度閱讀書籍，有一天，他甚至提到我不知道的詩人名字。看著那樣的允秀，我既歡喜又憂愁。偶爾看到新聞報導犯罪事件，我的心會揪那麼一下，聽到人們隨口說那種犯罪的混蛋該死之類的話，我眼前便浮現允秀的臉孔。和莫尼卡姑姑通了幾次電話，有時很想對她說我不做了，但是想到下星期四可能是最後一次，就開不了口。我無法放下他去任何地方了。我想到，姑姑一定也是因為這樣才會一做就做了三十年。

這天，和允秀結束會面之後，我和李主任正走在看守所的走廊上，看到院子空地雖然開了幾朵玫瑰花，但不是狐狸等待小王子的那種金黃色麥田。李主任提著我帶去的飯盒，跟在我身後。不遠處，幾株樹木的葉子早早枯萎，有幾片葉子正緩緩飄落。

剛才會面時，允秀說：「雖然還是一片青綠，但每次風一吹，傳來樹葉嘩啦嘩啦的聲音，是宣告秋天已經來了。」他還說：「看起來和往常一樣，聲音卻不一樣了。即使是一樣的綠色，春天的樹、夏天的樹、秋天的樹、冬天的樹，聲音也各不相同。眼睛看見的東西並不代表全部。」

他的語氣冷靜，說話速度相當和緩。他身上像有什麼東西沉澱了下來，如同秋季湖水。同樣一池湖水，一入秋，水色會像沉澱了什麼似的變得不一樣。

李主任說道：

「您知道嗎？連我也盼著星期四。」

我把頭髮撥到耳後，笑著說：

「真的嗎？」

這讓我感到有些不好意思。我想到在學校有幾位教師對我說：「文老師您最近好像變得很不一樣，看起來精神很好。像是有好事發生了。以前您看起來顯得不安。」要是不加上最後那一句就好了。但沒關係，既然是說我好，我聽了也蠻高興的。現在想起來，允秀和我像照鏡子般看著彼此，看到他平靜，我也很平靜，看到他不安，我也很不安。秋天來臨，又快到年底了，我們不得不想到死亡。這種不安的強度，不僅對死刑犯，對他的親朋好友也已強烈到有如每天都在行刑處決。這種心情彷彿有巨大的怪獸一直在威脅著：「我要來殺你了，等著吧！」每一天都被那怪獸玩弄於魔掌之中。

「一開始我只想考個公務人員，就進來了這裡……現在卻十分感激。來這裡之後，讓我開始思考什麼是生、什麼是死。」

李主任第一次跟我談這麼深入的話題，算是他的真心話吧。他在這個地方工作十年了，像允秀這樣的死囚由他帶來會面室又帶回牢房的，已經有數十名了。

「秋天到了，我愈來愈害怕，睡覺睡得很不安穩。去年沒有執行，所以今年可能會有……

連我都這樣了，每個死刑犯的心情一定更難過。從現在起到年底屬於敏感時期，常會有事故發生。晚上每每聽到尖叫聲，過去一看都是因為做噩夢，大概他們是夢到被執行死刑了……」

「允秀最近怎麼樣？」

李主任笑了一下，說道：

「我聽說啊，他幾乎快成修道人了。整夜看書、祈禱，而且您給的保管金，他問清楚誰是這裡最可憐的人，就分給他們用。上次天主教彌撒時，莫尼卡修女來了，說在天主教，有修道人是以進入鐵窗度過一生的方式來修道，就好像佛教僧侶特意進入地洞修行一樣。她稱讚允秀像個修道人。我在這裡工作期間，前總統曾在這裡待過，這回要競選總統的那位也在這裡待過。國會議員、政府官員、財閥鉅子，也有很多人待過這裡……雖然我不太懂政治，但這裡如同透明玻璃窗，彼此的人生都被赤裸裸地展示。看到每個人的人生……會有很多想法。」

我沒有問他是什麼想法，沒必要問。我們走過一道又一道的門，到了大門口，要道別的時候，我問李主任：

「請問……執行……會事先通知嗎？」

李主任猶豫了一下，答道：

「前一天晚上通知……然後，我們監獄官沒有酒的話會熬不過去。雖然是罪犯……但相處久了，到後來也有感情。看報紙的報導，會認為他們是禽獸，但相處久了就知道，畢竟他們也是人，再深入了解，會發現人都差不多……執行死刑之後，我們監獄官大約有一個月時間必須靠酒活下去。俗話說：『目擊殺人現場的人會成為死刑支持者，目擊死刑現場者會成為廢除死刑的支持者。』這都是因為承受不了打擊的關係啊。剛剛我說我很感激當了監獄官，但那種事讓我很想辭職。當過監獄官的人，很多後來成了傳道士或僧侶，比例高得驚人，大概就是因為這種原因吧。」

「李主任，記得我第一次看到您時，當時您說允秀惡質……不是嗎？」

李主任笑了。

「惡質也是人啊。有誰時時刻刻都惡質嗎？我偶爾也是很惡質的……說到這，好像也說出我的真心話了。」

在大門口道別後，我走到我的車子旁，回頭看到他還站在那裡。我揮了揮手，他也揮了揮手。我突然想到：「如果允秀死了，我和他要怎麼相處？少了允秀，我們還能像原來一樣面對彼此嗎？」隨即，我領悟到，我們一直以為只有死囚才會面對死亡，其實早晚有一天，我會死，李主任也會死。還有媽媽也是，雖然會致死的病沒再復發，但她躺在醫院是在試圖阻止終會來臨的死亡。

停車場停了一排黑色豪華轎車，幾個穿西裝的人提著黑色公事包下車匆匆忙忙走進看守所。他們看起來像是律師。何苦匆忙呢，百年之後，他們一個也不會留下。但他們還是著急，想快點殺死……大哥聽到「殺死」一詞，大概又會生氣地說：「那是執行。」

手機響了，是莫尼卡姑姑。我已經很久沒見到姑姑了，在這秋風吹起的季節，我想見她。我驅車前往城南。姑姑說有人去世了，叫我到城南去找她。又是死亡！釋迦牟尼說得沒錯：這世上最令人驚訝的是，人們常忘了自己最後的目標是解脫生死，離苦得樂。我先開車經過盆堂，再往城南。沿途左側一處陡峭山坡上出現了公墓。有時從看守所回家的時候，我會選擇這條路，但這片公墓卻是第一次看到。剛剛和允秀會面時，他說：「我看到報紙上報導大韓航空客機在關島墜毀的新聞，死了兩百多人，看得我睡不著覺，上帝啊，為什麼不帶走罪孽深重的我，為什麼要帶走那些無辜的人呢……我很心痛。」

那些人應該都有親人，他們面對這種事都會很心痛的。公墓、飛機失事……這秋天的開始，不知為何，給人一股不祥的預感。

到了城南某處市場後面，密密麻麻都是些低矮房屋，路旁空地搭了幾頂白色遮陽棚。我把車子停在市場入口處，走進去找姑姑。有個女人帶我到姑姑身邊，姑姑正和一些人在白色遮陽棚裡坐著。我一進去，姑姑就拉著我去靈堂祭奠。

掛著遺像的靈堂前方，排了很長的一列隊伍。到底在這個破舊的地方是誰死了？居然會有這麼多人來祭奠。而且隊伍裡的每個人幾乎都在哭，神情哀傷，個個都是真心難過的表情。

莫尼卡姑姑拉著我的手排隊，她抬頭看我。在明亮的秋日陽光下，姑姑的耳垂顯得好蒼白。如果姑姑死了，我該怎麼辦？此時拉著姑姑的手，我感覺那手像粗糙的木頭，乾癟又瘦小。很快地，我們已經站到了隊伍最前面。

遺像裡，一位穿著韓服的女士微笑著。頭髮中分，梳到腦後挽成髻，非常端莊的韓服照。放遺像的房間，嗯……能稱得上房間嗎？大小約一坪半，但是扣除棺木占的空間，大概只容一人可以坐下。房間外面還排著長長的隊伍，所以我趕快獻上花，向遺像鞠躬行禮。由於房間狹小，在我行禮的時候，姑姑幾乎緊貼著牆壁站立。這時我看到牆邊疊著厚厚的信，一直堆高到天花板，整個房間牆邊都堆疊著許多信。

有句話說，哭完喪才問誰死，我就是這種情況。姑姑帶我走出去時，祭奠的隊伍排得比剛剛更長。

「這些人都是從全國各地趕來的，只要和看守所有關的人，都知道這位女士。她在很年輕的時候，大約四十出頭就守寡了。丈夫留下了一筆遺產，但沒有子女，所以她把家產全部變賣，搬到這間一坪半的月租房間，把財產全部換成紙鈔，放在房間裡的一只衣櫃裡。她拿著那些錢，到全國的看守所去探視犯人，給他們保管金……剛剛你看到房間裡疊的信了嗎？都是全國各地寄來的。有一次我問她：『奶奶，您這樣下去，如果錢用完了，萬一生病怎麼辦？』結果她回答：『有什麼好擔心的？如果上帝還有什麼要我做的，會再給我錢，要不然就帶我走了。』當時我覺得她太沒有打算了。可是她今天早上去世了。昨天她還去了大邱看守所，晚上和友人吃飯，人還好好的，回來家裡睡覺。睡夢中走的……早上人們打開衣櫃一看，裡面的錢真的就只夠辦喪禮。」

我回頭看了一眼那個小房間，說道：

「真的嗎？」

「這丫頭，當然是真的。」

「可是怎麼沒上新聞？」

問完，我也覺得自己問了個傻問題，但我實在難以置信。這不是講給孩子聽的童話故事，也不是帶著虛構色彩的傳奇故事，而是真人真事。不是發生在古時候，也不是在中世紀，不是在西方，而是在韓國，就是現在。真的有這樣的人嗎？

姑姑依然握著我的手，說道：

「她很不喜歡接受採訪，但還是有一、兩次上了報紙。不是採訪，是報導。」

我問道：

「但我怎麼不知道？」

姑姑沒有答話。其實，不管她有沒有上報紙，我從未注意過這方面的消息，當然也不會知道她的事了。難怪舅舅曾對我說過：「若要覺悟就要心疼，若要心疼就要對人對己關心、體會、諒解。」所以說，以覺悟為基礎的真正人生，一定要先存在憐憫心。愛即是關心。大哥說他不知道我的事，那表示他以前可能沒有愛過或關心過我，雖然背過我、買冰淇淋給我吃、總是說擔心我，但他說他不知道我為何會變成那樣，這表示他不夠關心我。「不知道」三個字，不能用來免除過錯，這三個字算是愛的相反詞，正義、憐憫、諒解的相反詞，甚至可說是人與人之間應具有的集體意識的相反詞。

「對了，我叫你來，是因為允秀也知道這位女士。去年冬天，你不在的時候，我對允秀提過她的事，允秀說很想見見她。當時我答應安排看看，卻沒想到她先走一步了……也對，死有什麼先後順序可言？我老了，頭腦變差了，最近老是忘了這一點。」

我們走到遮陽棚的角落坐下。幾個圍著圍裙的女人在端食物和酒。一個中年男人從旁邊經過，認出姑姑，走了過來說：

「莫尼卡修女，好久不見了。」

那人不只頭髮油光，連臉孔都紅光滿面的，氣色很好，看起來很健康。姑姑對一旁的我說他曾是首爾看守所的所長，現在已經退休。我隨即向他點頭致意。他高興地說：

「我聽說您登記成為宗教教化委員了，我早就想見見您。我兒子小時候很喜歡聽您唱〈向著希望的國度〉呢……」

不知為什麼，我第一眼就不喜歡他。頭腦不好的人，通常會具有很靈敏的第六感，我就是這樣。特別是對男人，我像是有著超乎平常的發達觸角，第一眼就能判斷好惡。而判斷的標準大概就是我堂哥吧，如果讓我感覺像堂哥，我就不由自主排斥那個人。說真的，那是傷痕，那件事影響了我的整個人生。因此，姑姑說「別再讓那件事繼續主宰你的人生」，這句話說得沒錯。一次的事件，就支配了我的全部人生。即使所有宗教的聖徒站在我面前，我也可能會以這種方式判斷人吧。想到這裡，對眼前這名男子感到有些抱歉。男子倒了杯燒酒給莫尼卡姑姑，姑姑有些猶豫，但還是接過酒杯。

「好，我喝，喝一杯有什麼關係呢……去世的她多麼喜歡燒酒啊，總是說要和我一起喝一杯，但是我這老修女礙於名聲，被戒律束縛，總是拒絕她，錯過了好機會。」

姑姑的臉上滿是真心的悔意，她慢慢地舉起酒杯，又說：

「她對我說，她想當修女，但是因為燒酒的關係，沒能當修女。她還逗著我，說她覺得燒酒比修女服更接近上帝。說人製造出來的東西之中，最平等的就是燒酒……財閥鉅子也是喝六百韓元一瓶的燒酒，做苦工的也是喝六百韓元一瓶的燒酒。其他國家的威士忌或葡萄酒都有階級的，唯獨燒酒沒階級之分……她還取笑我，連燒酒味道都不知道，等於白活了。現在喝了，燒酒味道果然不錯哦。」

姑姑還喝不到半杯，似乎就已經醉了。

接著，那名男子說道：

「她曾經對我說過，希望逢年過節可以發給囚犯一人一杯燒酒，這話聽得讓我直冒冷汗……當然，她是開玩笑的。不過，她之所以那麼說，是因為想到連那麼平等的燒酒，我們裡面的兄弟也喝不到……這麼好的一個人，在我們的時代能與她共處，真該好好感謝上帝。」

姑姑不發一語。三人沉默了一會兒之後，那名男子問我：

「對了，您和我們極刑犯見面，感覺怎麼樣？說要教化，其實人員嚴重不足，再加上最近動不動就講人權什麼的，真令人頭痛啊。所以監獄官個個都很辛苦。聽說您是和鄭允秀會面，這個讓人頭痛的傢伙，他有反省了嗎？」

這是令我感到意外的問題。怎麼感覺他不像在監獄待過，而像在政府部門工作的人呢。要不是因為初次見面，我可能會用我文維貞的方式回答：「那麼好奇想知道的話，親自去見見不就知道了？」但我只是答道：

「啊，託您的福，我教化得還不錯。」

一聽到我的回答，他哈哈笑了出來。雖然笑了，但那可能不是他想聽的回答吧，所以他轉移了話題，他問姑姑：

「聽說金神父痊癒了，這真是奇蹟，不是嗎？」

「現在醫學發達……藥也不錯，加上他本人對抗病魔的意志夠強才能痊癒。」

我感覺有些可笑，姑姑說起話來像所長，男子的語氣卻反倒像修女。他又說：

「其實，我上次去探望神父時對他說過，不需別的，只需要天天看《詩篇》二十三章，就可以痊癒。上次我朋友罹癌，我也是叫他看《詩篇》二十三章，果真就痊癒了。」

聽到這，我大概知道姑姑為什麼要說醫學發達之類的話了。但是，他說得像咒語一樣神奇的《詩篇》二十三章到底是什麼內容呢？我不禁產生了好奇心。

「《詩篇》二十三章是什麼內容呢？真那麼有療效嗎？」

男子用驚訝的眼神盯著我看，像在說：「身為宗教委員，怎麼連那個都不知道？」而且我說療效，他大概也聽得有些刺耳吧。突然間我很擔心，要是他問我是否常去教堂，我該如何回答是好。另一方面，我又覺得，只要告訴我《詩篇》二十三章的內容不就得了，幹嘛這麼大驚小怪？他開始露出有些傲慢的表情，沉默不語，一副「想知道就自己回家查吧」的神色。

莫尼卡姑姑似乎想收拾氣氛，對我說：

「那個啊，就是『耶和華是我的牧者；我必不至缺乏。祂使我躺臥在青草地上，領我在可安歇的水邊。……我雖然行過死蔭的幽谷，也不怕遭害……』」

這詩篇內容並不深澀嘛。即使不是信耶穌基督的，也應該都聽過。我說：

「原來是這個，就是有些餐廳牆上會掛的『天主教牌』護身符啊！」

「對了。」

莫尼卡姑姑好像感覺到我的話中帶著不善的語氣，連忙打斷我的話。反正我經常以這種方式惹事，姑姑感覺為難已經是司空見慣的事了。

「我們天主教打算和佛教、基督教聯合起來，一起正式展開廢除死刑運動……您會參加嗎？」

男子的臉色不太好看。本來他高高興興地主動跟我打招呼想認識我，卻聽到護身符什麼的，看來是連自尊心也受到了傷害。

「廢除死刑？這個嘛，我不知道。廢除死刑是需要國會通過才可以的……那些國會議員為了獲得支持率，想表現得先進，或許會想參與吧；但是我，我本身不太支持。修女，如果那樣的話，首先我們監獄預算就會出問題。死囚每個都要安排專人負責，就必須增加監獄官人數才行，各種費用加起來那麼多，誰來承擔？而且說得極端點，那些受害家屬，等於要繳稅來養活殺死自己家人的壞蛋，不是嗎？」

「是啊，一想到受害人，確實是……左右為難的問題。」

姑姑還沒說完，我插嘴道：

「那麼，是因為錢的關係一定得殺死那些人，是嗎？」

他盯著我看，表情像在說：「不是錢，是費用。」然後索性不再理會我。

我愛祢愛得太遲了，
那麼古老的美，那麼新的美，
我愛祢愛得太遲了。

——聖奧古斯丁（Saint Augustine）

藍色筆記16

女人和我跑過去一看，前輩強姦了在對面房間睡覺的女人的女兒，而且用刀刺死了。前輩的襯衫全沾了鮮血。事後他告訴我，在地鐵站時我們互相使眼色，他以為我是要去殺那個女人。所以當我進女人房間談話時，他以為我是要去殺女人，於是他進了對面房間去殺她女兒。當場我氣得說不出話來，但事情到了這種地步，已經無法挽回。我有五次前科，進過監獄五次的人說什麼也不可能跟這事撇清。女人嚇得臉色蒼白，連尖叫都叫不出來。那個瞬間我雖然猶豫，但看到女人後退著要回她房間時，我很害怕。前輩進她房間，不顧女人苦苦哀求，把她勒死了。想到她一直對我不正經，而且仗著有點錢就對我頤指氣使，我覺得那種女人死了也沒什麼。就像捏死一條害蟲，一點兒也不想同情她，我甚至鎮定走過去，從已死的女人手上把戒指摘下來，我體內長久以來存在的惡魔像在誇我做得好，讓我產生從未有過的一股勇氣，滿腦子只想著能找到多少錢。當然是愈多愈好，當時我這個混蛋只想到這些。偷了衣櫃裡的信用卡、現金、首飾，正準備逃跑時，女人的女兒爬了出來到客廳，那孩子還沒死，前輩先前刺了她幾刀，匆忙中以為她已經死了。當時我的心情像被命運玩弄般，您知道嗎？然後雪上加霜，這時傳來了鑰匙開門的聲音。

16

「真是的，怎麼說話行事還像個小孩子？你好歹是個教授，如果只有我或家人在的場合也就算了，有外人在，你怎麼還口無遮攔？是誰說你最近變穩重、變好了？我看是一點也沒變……你知不知道那些人對我們幫助有多大？還有，按照規定，我買麵包去，你帶飯盒去，是不允許的，幸虧他們通融……你都三十歲了，什麼時候才能開竅啊？你真的要如你自己所說的，永遠當個少根筋的蠢蛋嗎？」

清波洞修道院門前的道路上已經有不少落葉紛飛，姑姑感冒才剛痊癒，所以我將她直接送回修道院。即使我說我是少根筋，即使我在電話上對姑姑說允秀、李主任和我成了少根筋的朋友，但一個月後的現在，姑姑拿這來責怪我，讓我很不高興。

「可是我很討厭他說因為錢的關係必須執行死刑。如果是大哥，大概會強辭奪理，說不是錢，是費用。他們都是公務員，都一樣，總之我生氣了。姑姑您不生氣嗎？那像是前所長該說的話嗎？」

姑姑嘆了一口氣，說道：

「生氣，我當然生氣……所以你媽才說你像我啊，我在你這個年紀的時候，要是有人那樣說，我早就直接用腦袋，砰一聲撞他一下！」

我吃驚得方向盤從手中溜開。

「那為什麼您叫我別那麼做？」

姑姑沉默了一會兒，才說道：

「因為以前我也那麼做過，非但沒成效，反而可能產生負面效果。所以有好幾次我差點被修道院趕出門。我用過來人的經驗，要你別走我走過的路。」

「姑姑，您真的是修女嗎？」

姑姑笑著說：

「不知道。維貞……其實我自己也不知道，穿著黑袍不一定是修女，拿著聖經不一定是信耶穌基督的……我一到秋天也是心情很難開心起來。今年可能又得把那些孩子送走了，那我會活不下去的。上次執行時，金神父進去了，可能因為打擊太大了，三個月內什麼事都無法做，或許是因為這樣罹癌的。現在，神父，還有我，不是為了那些孩子，是為了我們自己在推動廢除死刑運動的啊。」

姑姑嘆了一口氣。我也是，每次和允秀面會後，偶爾就想像他面前有圓圓的絞索放了下來，允秀的表情因驚嚇而變得蒼白。難怪允秀的臉色平常總是蒼白的。每次想像著絞索，自己就尖叫著「不行，絕對不可以殺他！」坦白說，有時我很難過自己怎麼會和這些人扯上關係，甚至還被這種不必要的幻覺折磨。曾有人比喻說，在刑場上死囚像露珠一樣地消失。但李主任說：「刑場上的絞索被染得黑黑的，似乎是死囚的脖子被勒緊時榨出了體液，一直說要換新的，但沒人肯去換。」我咬牙切齒地回答：「看來死囚不是變成刑場的露珠，而是變成刑場的血漬吧？」曾有一次偶然和朋友談到死刑，朋友說她聽說絞刑是痛苦最少的。我有些生氣地問她曾經問過那些死人嗎？問他們哪個死法最好嗎？其實根本不需要為此爭論，在已開發國家中，只有日本和美國還在執行死刑，但是絞刑在美國早已消失了，因為死囚可以從電椅、藥物注射、絞刑中任選一種，但沒有任何人選擇絞刑。

姑姑說道：

「允秀不久前寫信給我，說他決定捐贈眼球，如果死了……要把眼球捐給別人……一想到眼睛看不見的人用他的角膜可以重見光明，會覺得稍微贖了一點罪。他請我幫他簽字。因為沒家人，雖然找過媽媽，應該由媽媽簽字才對，但怎麼找也找不到，以失蹤處理。我們神父現在還一直在設法尋找，但始終沒有下聞。」

我們踏過落葉紛飛的路徑，往會面室走去。允秀一見到莫尼卡修女，這次主動走過來抱她，兩人相擁站了一會兒。個子矮小的莫尼卡姑姑在允秀高個兒的懷裡哭了。姑姑連忙解釋是因為自己老了，很抱歉，總是無緣無故就掉眼淚。但看到莫尼卡姑姑哭泣的允秀，臉色變得很沉重。

我們一邊喝咖啡，一邊談天。允秀說：

「看到報紙上到郊外賞楓的報導，我突然想到，楓葉對樹而言其實是一種死亡，但人們卻覺得美麗，特意去觀賞……我由此想到，既然要死，可以像楓葉一樣美麗地死，讓人看了感嘆，稱讚美麗。」

我們沒說什麼，繼續喝著咖啡。允秀可能很久沒見到莫尼卡修女了，顯得很高興。也可能是他決定捐贈眼球之後，肉身也跟著變得輕鬆自在的關係吧。那天他的話特別多。

「我闖禍之後剛進來的時候，有個十七歲的小伙子因為竊盜罪被抓進來關，後來獲得緩刑就出去了。他很聰明，得人喜歡，所以我把他當弟弟看待，特別照顧他。出去的時候，我告訴他不要讓我再見到他，如果不改，終究會變成我這樣……沒想到上星期那小子又進來了，這次還是因為竊盜罪，偷手機被抓進來關。檢察官察看他的紀錄，發現有一次前科，就直接拘留了。我問他怎麼回事，他說上次出去後在門前路上獨自站了三個小時，沒人來接他。」

莫尼卡姑姑嘆了一口氣。

「他思考該怎麼辦，想來想去還是沒地方可去，只好又去找常和他一起混的壞朋友，所以才被抓進來關。我看這樣下去不行，已經拜託了在這裡的一個工廠老闆，等他出去後，幫忙安排到有宿舍的工廠去工作。我拜託那個老闆幫幫忙，平常他對我還不錯，可能因為這樣，答應了我的請求。」

「你連工廠老闆都認識啊？」

我問道。他笑著回答：

「這裡不是連總統也待過嗎？政府長官、財閥鉅子也都待過啊。一個工廠老闆沒什麼好稀奇的。」

允秀像炫耀似的笑了。他說得也沒錯。

「不久前，我在讀詩集的時候，有個老是跟我過不去的監獄官經過，隨口說什麼都要死了的死囚還看什麼看……一怒之下，我心想，可惡，下次放風時就……想著想著……」

他抬頭看我們兩人，然後低下頭，接著說：

「依我的個性我會這麼做。偏偏這時候眼前卻浮現了兩位的臉孔……」

允秀低頭沉默了一會兒，似乎感覺這話題太沉重了，他不再說下去，而從口袋費力地掏出了幾封信。

「修女，我最近在和這些小朋友通信。」

打開信一看，是江原道太白的孩子寫來的信。允秀看到雜誌報導太白某個山上小學的孩子因為缺少文具用品而影響學習，所以他把我們給他的保管金拿出一部分，每個月寄到那裡。那些孩子寫信來感謝，他們就開始通信，已經來往好幾封了。一方是被群山包圍而與外界鮮少接觸的孩子，另一方是等待死亡的死囚，由信的內容可以看出雙方都很懇切地想和對方交朋友。那些孩子也和允秀一樣，像是被圈在柵欄裡的鹿一樣寂寞。

莫尼卡姑姑和我在讀信的時候，允秀有點難為情地開口說：

「修女，其實我有件事要拜託您。我……犯了個錯誤。」

姑姑和我抬頭吃驚地看著他。他繼續說道：

「我和孩子們約好了一件事。」

「話說好一點嘛，說什麼犯錯，讓我們嚇了一跳。」

姑姑說完，撫了撫自己胸口。允秀說：

「我問他們，在世上最想做的事是什麼？那些孩子說最想看海，說他們翻山越嶺，翻過一座山還是山，但是要看海必須坐一個小時的火車，所以看海是他們的願望。結果我答應幫他們實現那個願望。那些小朋友不知道我是誰，他們看到地址是軍浦郵局的郵政信箱，以為我是住在軍浦市的某個有錢老闆。他們寫信告訴我，說已經計畫明年元旦要去江陵看日出。修女……怎麼辦？」

我知道允秀是想到他偶爾提起的親弟弟。他弟弟眼睛看不到。而且我知道他捐贈眼球也是想到他弟弟。在他說出來之前，我不想先問他，但我感覺就是那樣。我知道他弟弟是死在路邊的，我可以理解他想讓孩子們看海的心願，所以我決定要幫他完成心願。我說：

「由我來辦這件事吧。雖然不太公平，我有點吃虧，但那些孩子去看海的費用我來出。」

他像是早就料到似的，對我微笑。

「既然都已經不公平了，我想再拜託您一件事。請拍下照片給我看看。日出、孩子們的臉，都要拍得大大的，清楚一點。因為我也想看海，想看孩子們快樂的樣子。雖然我去不了，但能看到照片，我也一樣高興。」

我將他寫在小冊子裡的地址抄了下來。一邊抄，一邊想，允秀這輩子不可能再去看海了。還想到，等我帶著孩子們去海邊看一九九八年的元旦日出，再把照片沖洗出來……那時允秀還會活著嗎？可能無法活到那個時候了。

「但我也可以很公平的。」

允秀說完，像孩子般俏皮地把藏在桌子底下的東西遞給我們。原來是十字架。用兩塊粗糙木頭交叉成十字形，上面有個深灰色的耶穌塑像。我和姑姑露出驚訝的表情，允秀笑著說：

「我想送這個當作回報。是用每次吃飯時省下的飯粒做的。」

我們仔細端詳這個十字架，耶穌之所以是深灰色的，大概是在搓揉飯粒時把手上的污垢揉了進去。令人驚訝的是，十字架上耶穌的臉和允秀很像。長長的臉，披散的鬈髮……

「這個……請幫我轉交給那位老太太。」

我們立刻想到了三陽洞老太太。

「我上次寫信給她……她說受傷了，下雪時走在路上跌倒，腰受傷了。現在我還在做另一個……想送給修女您。至於維貞姊……」

允秀又從口袋掏出一樣東西，是條項鍊。紅色的細橡皮筋上有個藍色壓克力十字架。我一伸出手，他就把項鍊放到我手心。雖然很短暫，但他把手搭在我手心一陣子。他的手好溫暖。後來，我不好意思地縮回了手。

「我做了兩個，另一個我自己戴了。」

我把項鍊掛在脖子上以示感謝。他說因為沒有刀，只能在水泥地上磨。我想像他戴著手銬的手磨著這壓克力材質的情景。磨了一天又一天，而且磨幾下就要吹吹氣，把上面的粉末吹掉之後再磨。

「兩位戴了情侶項鍊哦。」

李主任說道。我們都笑了。

莫尼卡姑姑不發一語，將他做的十字架抱在胸前，祈禱了一會兒。允秀和我四目相對。這時我才想到，十字架自古是個刑具。為了統治殖民地百姓，羅馬人發明了這種極為殘酷的刑具。把人釘在十字架上卻不會致死，一般都是在被釘的幾天前就開始遭到拷打，有的甚至被挖出眼睛，等釘上十字架時已經瀕臨死亡。但是釘在十字架上的人大多還能活好幾天。原則上禁止把屍體放下來，所以會被野獸和鳥類啄咬而死。耶穌也是死刑犯，當時即使進行投票，耶穌也一定會被處以死刑。因為當時的紀錄記載，人們群情激憤，高喊著：「釘死他！釘到十字架上！」萬一當時耶穌受的是絞刑，那麼幾千年來，信徒是不是會把圓形絞索的項鍊掛在脖子上呢？或把圓形絞索高高立在教堂屋頂上？教堂牆上掛的耶穌像會不會是脖子勒著圓形絞索呢？我突然很感激耶穌是被當作死刑犯處死的，如果不是那樣，還有誰能安慰得了允秀呢？

那年聖誕節彌撒的時候，允秀受洗了。那天正好是星期四，我參加了允秀的受洗彌撒。允秀的教名是奧古斯丁。歷史上的奧古斯丁年輕時是個異教徒，和妓女混在一起，過著放蕩的生活。有一天，他被孩子們唱歌的聲音所吸引，開始看聖經，後來成了基督教最崇高的聖者。而姑姑的教名莫尼卡，在歷史上，莫尼卡聖女是奧古斯丁的親生母親。那天做彌撒時，我和服務於看守所的其他姊妹一起坐在大講堂的聖歌台上，遠遠地，我看到允秀穿著姊妹們帶來的白色衣服。他穿白衣的模樣讓我覺得既陌生又新奇，看起來像包在襁褓裡的嬰兒。他的臉上露出像孩子第一次上幼稚園時的興奮表情。

彌撒開始之前，對國旗敬禮時我走上前去，準備唱國歌。那是姑姑的要求。有幾個人認出我來，互相交頭接耳。在這些人面前，在這些離開這裡就會有前科紀錄的人面前，在這些為了吃巧克力派而參加彌撒的假信徒面前，我唱國歌。這在以前是不可能的事，但如今我做了。為了允秀，我做了。後來回想，我比那些人更虛假，更像偽善者，而且我名義上竟然是宗教教化委員。

允秀在彌撒前對我說：「想到自己已死的生命將透過受洗獲得新生，昨晚整夜都睡不著覺。因為高興而睡不著覺，這還是生平第一次呢。」他還說：「上帝居然願意接受像我這種禽獸不如的混蛋，簡直難以置信。」我站到講台上，十年來不曾拿麥克風，今天為了新生的允秀，我再度拿起麥克風唱歌。前奏響起時，和死囚們坐在最前排的允秀與我四眼相對。我微笑了一下，但允秀看起來表情僵硬，可能正在想弟弟吧。我開始唱國歌。「直到東海水乾涸，白頭山磨平，天神保佑，我國萬歲……」唱完歌下台，我看到允秀低著頭，仔細一看，他在流淚。上次會面時，允秀說：「被宣判死刑時，不，是殺人當時，我已經死了。現在能夠復活，是因為您們的幫助，您們握著我的手鼓勵我，說即使跑不動也沒關係，從頭學步就好……」其實我也想哭，胸口如同乾涸的農地，撕裂般地疼痛著。允秀哭了一會兒，抬頭望向聖歌台，似乎在找我。我和他遠遠地目光相視，他露出白皙的牙齒，對我開懷地笑。他白皙的牙齒、黝黑的鬢髮、新生時仍然戴著手銬的手腕，這一幕深深地烙印在我的心裡。

彌撒結束後有個慶祝會。允秀接受獄友祝賀時，笑得合不攏嘴。當我拿著巧克力派分給他們時，我問他感覺如何，他說：「維貞姊，相信我，您也信耶穌一次吧，我保證，感覺真的很好。」我無法回答什麼。

他舉起戴著手銬的手吃巧克力派，一邊又對我說：

「聽說那位曾當過死囚的人當選總統了。他說在自己任內不會執行死刑，兄弟們都說，可能我們不會執行死刑了，新當選的總統說的。維貞姊，我想過了，我要重新活下去。我以前認為不可能做的事，現在起我要用戴著手銬的手給孩子們寫信，即使身上有鐐銬，我也要在這裡盡力向人們傳遞我接受到的愛……一輩子為受害人祈禱，盼能贖罪，把這裡當成修道院。好希望可以那樣活下去。我很無恥，真無恥，但我生平第一次這麼想……」

這是我最後一次見允秀。

神祕的是，人花費一生時間學會生；
更神祕的是，人也花費一生時間學會死。

——古羅馬哲學家塞涅卡（Seneca）

藍色筆記 17

我們分了錢之後，各走各的路。我這種人是先到夜總會，把錢用在女人身上……玩了一夜。後來我才知道，前輩回家後被太太說服，就去自首了。他先去警察局把事情經過說一遍。但他把自己做的事說成我做的，把我做的事說成他做的。現在辯解又有何用……我被當作強姦一個女孩、殺死三個人的主嫌，遭到通緝。全國到處張貼我的相片，我成了被追捕的逃犯。最後還有一件事我必須去做，為了繳交心愛女人的手術費，我去找欠我錢的那個朋友。他叫我不必擔心，說他會安排我心愛的女人出院，會照顧她一段時間。那天晚上，我和他去了酒店，叫了女人陪酒，放蕩玩了一夜。後來兩人一起投宿旅館。我一覺醒來，發現有人在敲門。這才驚覺被朋友出賣了，他報警之後，早就逃之夭夭了。可能他認為這麼做就可以不必還那筆欠我的債。

我打開旅館窗戶跳了下去，不管三七二十一，看到民宅就闖。我從廚房拿了菜刀，把女人和孩子逼到房間，然後打電話給我心愛的女人。電話裡，她說她昨晚都和檢舉我的那個朋友在一起，說那朋友替她繳了手術錢，她已經出院了……欠了他人情，而他說要和她結婚……說從很久以前在美容院第一次見她就一見鍾情。然後她問我為什麼要做那種壞事，說一開始就跟我說過她很討厭壞人……警察破門而入，我趕緊把刀抵在那民宅裡的女人脖子上，打算挾持人質。房裡的孩子哭了，喊著「媽媽！媽媽！」就像小時候恩秀的叫聲。我的腿中彈，被逮捕了。

17

年底將至，時間已不多了。我跟太白那所山上學校的校長通了幾次電話，預約了在江陵住宿的旅館，也準備好了孩子們要搭的巴士。一切準備大致就緒，就只欠照相機了。我太久沒照相了，連個照相機也沒有，所以我打了電話向三嫂借相機。儘管即將臨盆，她還是挺個大肚子來到約定的地點。那是在江南的某個百貨公司的一樓，遠遠地就看到她走了過來。正如同大哥說的那樣，她穿著樸素，素顏，再加上挺個大肚子，任誰也認不出她就是以前那個嬌豔的女星。坦白說，她的臉瘦了很多，不如以前美麗，但臉上有股平靜的神色，就好像把重心放在丹田的人特有的鎮定與氣度。我從三嫂手裡接過相機，同時把我提的購物袋遞給她。

「這是什麼？」

「是嬰兒……衣服。路過看到很漂亮，順便買的。」

三嫂有些吃驚的表情。這麼多個姪子姪女出生，我都不曾買過什麼給他們。我頂多只會講：「啊，恭喜了，聽說是兒子哦。」也不管對方是否會不高興，反正從不在乎。但那天，我看著三嫂隆起的腹部，第一次想知道當媽媽是什麼心情。我……在心裡問自己：「如果我懷了孩子會怎麼樣呢？」我竟然想到了當媽媽的事，那是以前想都不敢想的事。但我體內似乎湧現了一股不可抑制的欲望，就像被水泥抹過的牆角開出了野花。

「妹妹，聽說你最近在做好事，看你真的連神情都不一樣了……真美。」

三嫂隨口很自然地說道。我以前對她說的話總是抱著幾分猜疑，認為背後可能有陰謀詭計；要不然就是一直嫌她傻。但現在我明白了，其實傻瓜不是她，而是我，有陰謀詭計的也是我。我老是把對方當成壞人，這種想法就是陰謀，而終究這是傻瓜的行徑。我像是好不容易做了好事卻被發現的不良學生，感覺和三嫂在一起有些彆扭。正要轉身離開，她叫住了我：

「妹妹，去看看媽媽吧。她在等你。」

又是媽媽。待要再度轉身時，三嫂又說：

「媽媽她很寂寞。」

她這句話讓我懷疑自己是不是聽錯了。我拖著疲憊的身體，又處理了幾件事，就回家了。

在新年第一天，我要用相機拍元旦日出，也拍出孩子燦爛的臉孔，到時候再把照片拿給允秀看。他看了一定會很高興。想到這裡，我也很開心。姑姑開玩笑地說：「多虧有允秀，讓你在這個世上幫別人做了好事呢！」以前看到有人做那樣的事，我心裡總會想：「哼！偽善！還不都是為了自己得到安慰？」但是現在我卻想為允秀做善事。只要他高興，我也高興。我第一次感受到，當偽善者原來也可以這麼開心啊。

我一邊哼歌，一邊沖澡。然後泡了一杯茶，邊喝邊改學生的試卷。突然，一種異樣的感覺襲上心頭，是一股難以用言語形容的不安感，令我坐立不安。我無論如何都靜不下來，胸口以一種奇怪的節奏跳動，好像四周的牆都浮了起來。我第一次遇到這種情況。

我到廚房倒了杯葡萄酒，習慣性地望了望廚房窗外，此時看到公園裡又聚集了一群孩子。他們這次也是圍著圈圈打中間那個孩子。我看了一眼電話，猶豫之後決定拿著葡萄酒坐回書桌位子。

冬季晝短夜長，太陽很快就要西下了。這時，電話鈴聲響起。是姑姑打來的。「維貞……」我可以感覺到姑姑的聲音抖動著。儘管她後面的話還沒說出口，我已經腦中一片空白，怎麼辦！

「姑姑……」

「剛才金神父打電話給我，說他接到通知，要他明天一大早去看守所……明天允秀他……」姑姑說不下去了。那樣的話如何說得出口？我什麼想法也沒有，眼前的空間在瞬間變形了，像嫩豆腐一樣扭得不成形狀，我感到一陣暈眩。

「明天我凌晨去看守所，維貞，祈禱吧，祈禱吧。」

這是姑姑第一次開口叫我祈禱。

掛了電話之後，我端起葡萄酒，又放下它。杯中液體顏色實在太像鮮血了，我無法喝下去。回到客廳，我一會兒坐下，一會兒站起來。不行！不行！不行……允秀現在在做什麼？那孩子可能還什麼都不知道。那個地方我既無法打電話，也無法去找他。他會在不知情的情況下度過今晚，他的最後一晚。那可說是比死還更殘忍的事。我打電話給李主任。

李主任大概也接到了通知，語氣十分沉重，似乎不想講電話。

「我現在過去，去了請讓我見他一面。只要五分鐘，不，一分鐘就好。」

「不行，那是不准的。」

「您能做到的，我會負一切責任，雖然無法阻止，但至少該讓他知道明天就要死了啊！應該讓他有所準備吧，不能讓他在不知情的情況下就這樣度過今晚啊！」

李主任沉默不語。允秀早就知道自己即將死亡，只是不知道是今天還是明天，他這樣過了兩年半。我們也知道，我們總有一天會死……所以說，即使他是死刑犯，卻不讓他知道，不給他準備，這樣對嗎？然而，李主任也是沒辦法做什麼啊。

我掛了電話，在房間裡踱來踱去，一直想著：「不行！」不告訴他實在太卑鄙了，太不人道了。等於是殺人……這世上唯一我們可以預測而且可以阻止其發生的死亡，就是執行死刑……但我們無法阻止。

我想跪地祈禱，但一時不知道該說什麼。祈禱這種事我已經太久沒做了。我喃喃自語：請祢救救他，拜託請救救他。他的確犯了錯，但請祢救他，請祢救他……此刻我憶起，十五年前在大伯家的二樓，那個混蛋的房間裡，在那個混蛋的魔掌中，我還不清楚是怎麼回事，只知道哭著哀求，那時我曾這麼祈禱過。但祈禱根本沒用。我感覺我的心整個被重壓得快喘不過來。我站起身，這才發現鬧鐘滴滴答答的聲音愈來愈吵。現在是五點，明天早上十點執行死刑，再過十七個小時，他就不在這人世間了。毫不知情的鬧鐘只知道滴滴答答。我索性把鬧鐘電池拿了出來。令人窒息的安靜頓時充滿了整個房間，好像時間停滯住了。隨即，腦海裡不斷掠過與他見面的所有時光。而且不是出現他咬牙切齒對姑姑大喊的場面，也不是他帶著嘲笑的目光，而是出現他開心的笑、他悲傷的掉淚模樣。還有出現他在三陽洞老太太面前顫抖地說「我錯了，我錯了」的樣子……進到刑場，要被套上絞索時，他會那樣顫抖嗎？就在四天前，他還對我說：「現在起我要用戴著手銬的手給孩子們寫信，即使身上有鐐銬，我也要在這裡盡力向人們傳遞我接受到的愛……一輩子為受害人祈禱，盼能贖罪，把這裡當成修道院……好希望可以那樣活下去。我很無恥，真無恥，但我生平第一次這麼想……」現在到底又過了幾分鐘了？此時我對時間的節奏已完全失去了感覺，不知道到底過了多久。突然心裡不安地想：「這樣下去，會不會連夜晚結束或凌晨來臨我都不知道？」我趕快拿起手機確認時間，才過了三十分鐘。此時我又煩惱，這令人焦急的時間未免過得太慢了。我第一次感覺到，允秀什麼都不知道說不定反而比較好。否則他可能會無法忍受，想到這，我稍微感到安慰。我站著舉起我的手，不斷看著雙手。然後慢慢地走向電話。

我撥了一一四查號台，說：「我想找文……文維成先生的電話號碼。」說這句話的時候，嘴唇禁不住地發抖。我第一次將這混蛋的名字說出口。在發生那件事之前，我是叫他堂哥……電話那頭問我：「文維成嗎？地址是哪裡呢？」我也覺得這樣很愚蠢，但我又不能向大哥打聽。我回答：「不知道……」電話那頭的接線生親切地說：「全國有很多人叫文維成，必須知道地址才可以哦。」我說：「在首爾，應該是在有錢人豪宅區吧，我也不知道在哪裡……」電話那頭說：「那麼很抱歉，這樣沒辦法查詢電話號碼哦。」女子雖然親切，但聲調很平板，不帶任何感情。掛了電話，我走出家門。上車後，發動車子，但雙手還在不停發抖，我咬牙踩了油門才開出去。

媽媽戴著老花眼鏡，半躺在病床上看雜誌，我一進去，她抬起視線。看到我站在病房門口瞪著她，她說：

「你來幹什麼？」

媽媽問的時候，我很想掉頭離開。如果她再更憔悴一點，可能我就會比較容易去接近；如果她再顯得可憐一點，可能會好一點；如果她像三嫂說的那樣顯得寂寞一點……很遺憾的是，媽媽看起來氣色很好，健健康康的。

「媽媽，這裡好痛，好痛啊！」就算對方是媽媽，一個少女要把私處給媽媽看也是很難為情的。媽媽低頭看了一會兒，把我的內褲穿回去，冷冷地說：

「你懂什麼？胡說些什麼？」

一時之間我簡直無法相信媽媽會這麼說。從大伯家走出來時，兩腿之間腫得厲害，走得有多麼痛苦啊。身體已經長得很成熟的我一邊哭著，一邊走回家。每走一步都感到撕裂般的疼痛，痛得走不動的時候，想到等一下見了媽媽，一定要把這事告訴媽媽，一切就會好了。我相信我會得到安慰，而那個人會得到報復。可是，見到媽媽了，聽到這麼無情的話，看到她冷淡的表情，這一刻彷彿有一塊透明隔板，砰地落在我們母女之間。

「堂哥他，他把我叫到他房間……說有話要說，所以我才上去的，可是他脫了我的內褲……媽媽，我好痛，很可怕……好痛啊！」

我因為害怕和疼痛，哭個不停，哭到說不出話來。

媽媽下樓去了一會兒，回來的時候手上拿著很普通的藥膏，遞給我，說：

「擦了之後，快去睡覺。不要到處胡說，一個女孩子家，要不是你太風騷……」

我握著媽媽給的藥膏，頹然跌坐在地。

「別不知羞恥，不要在你三個哥哥面前胡說八道，閉上你的嘴，知不知道？你啊，都是因為你小說看太多了！」

「不是！」

我用力放聲嘶喊。媽媽走過來用手捂我的嘴。我生氣地不停跺腳，一邊說「不是！不是！不是那樣的！」結果媽媽就打了我好幾個耳光。自出生以來，那是我第一次挨打。

我走近媽媽。她皺了皺眉頭，闔起手上的雜誌，整個身子坐直。令人意外地，她的眼神像在害怕什麼。媽媽喊道：

「怎麼了！你到底怎麼了？」

我開不了嘴巴。嘴唇不停在發抖。我還是很想直接掉頭回家去。

「我什麼事也做不了，所以來這裡……想要原……原諒媽媽你……」

我心好痛，像一把鋒利的刀在心頭劃呀劃的。以前就已被刀劃開的心，早就流血流到凝固了，如今舊傷又再湧出鮮血似的，我的眼睛不斷流出淚水，眼睛好痛。

「我一直無法原諒，就算此時此刻也不想……原諒！和那個混蛋比起來，媽媽更讓我無法原諒……可是今天我來，是想試著原諒。」

媽媽不太聽得懂我的意思，但她冷笑了一聲，似乎覺得沒什麼。

「你來煩我的理由可真多！媽媽都快死了，一次也不來探望。然後現在來了，想幹什麼？

到底誰該原諒誰啊？」

「是我！……原諒媽媽你！……」

媽媽掀開被子，坐到床邊，說道：

「你瘋了嗎？……維貞，要不要叫你舅舅來？你真的沒事嗎？」

我發出像孩子般的哭聲。在十五歲時沒能哭出來的淚水，那之後一直沒能哭出來的淚水，全部都一次湧到喉頭，再不爆發出來，可能就會窒息而死。

我緊緊握著他給的藍色十字架項鍊。就連這項鍊也似乎快勒到我的脖子。在絞刑台被絞索勒住也是這個感覺嗎？我看過網路資料，聽說會用一個白色布袋套住頭，把絞索套上脖子，一聲令下，五名行刑官同時各拉一個拉把。五個之中只有一個會起作用。之所以這麼做，是為了減輕行刑官的罪責感。如果其中一個作用了，死囚跪著的地板會開啟，死囚就被吊了起來。有的吊了十五分鐘到二十分鐘後，腳還在抖動，醫生上前用聽診器放胸前聽心跳，確定心臟停止跳動後，還要再吊二十分鐘左右。但也有的這時還死不了，有不小心繩索斷掉的，有繩索太長的，有摔到地上遍體鱗傷的。這都要從頭開始……開始他們稱之為「執行」的儀式。

我的眼睛淚流不止，十五年來第一次放聲痛哭，哭得喉嚨好痛。就像被勒住一樣的疼痛。

媽媽避開我，悄悄走到門邊。雖然我嘴裡說原諒，但我的眼神還是和以前一樣，也和他曾經有過的一樣，隱約帶著殺氣。或許就如媽媽說的，舅舅來了反倒會比較好。那麼舅舅大概會說：「維貞，哭吧……我希望你能哭出來。」我大概會說：「舅舅，對不起……」舅舅問：「什麼事情對不起，維貞？」那我想回他：「不知道，舅舅，我不知道為什麼如此覺得抱歉。」

「我來這裡，是覺得應該要這麼做才來的，不是因為想原諒才來的。或許我是想把我的犧牲獻給上帝吧……對我來說最困難的事，比死還更討厭的事……就是原諒媽媽。」

這時大哥推門進來，似乎是下班後順路來看媽媽的。媽媽趕緊跑向大哥，對他說：

「維植，你看看維貞，她怎麼了？她這個樣子我怎麼能安心闔眼啊？可憐的東西……怎麼總是神經兮兮的？」

說著說著，媽媽也哭了。是因為害怕嗎？不知道。還是因為我而傷心？我猜媽媽心裡應該在想：「到底這個世界為什麼總是讓我傷腦筋，不讓我幸福快樂，到底為什麼啊！」她大概是因為憤怒才哭的吧。

大哥扶媽媽坐到椅子上，安撫她之後，向我走來。他抓住我的一隻手臂，使我身體晃得差點失去重心。我喃喃地說：「我是來原諒她的。」大哥拉了把椅子，要我坐下來。我固執地又再喃喃說：「是為了原諒啊。」然後我對大哥說：

「明天有處決，要殺人了。要是我做了以前做不到的事，或許可以救……這樣想可能很傻，但除此之外我沒別的辦法了。如果上帝真的存在，祂會知道，我這樣做對我來說是比死還困難的事，或許祂會因為感動而聽從我的祈願。會有奇蹟出現……也說不一定……哥，你能理解我嗎？」

大哥長嘆了一口氣。

「本來會病死的神父也活過來了……所以我覺得我也可以誠心獻出犧牲。不然只能眼睜睜……哥，我該怎麼辦？這太不公平了，上帝怎麼不帶走好幾次想死的我？要說罪惡，我不亞於他啊。」

大哥雙手扶著我的雙肩，臉上帶著非常容忍的表情。我繼續說：

「我……想要愛一次。反正我是和哪個男人都無法相愛的人，所以只要他活著就好，永遠關在監獄裡也可以，只要活著就好。」

大哥似乎很快就明白是怎麼一回事。儘管可能難以理解，也可能無法接受，但至少他知道我的意思。他可能已經下了寬容的判斷：雖然還沒結束，但其實已經要結束了，所以現實情況下不會有危險。大哥安慰地說道：

「你怎麼不早說？」

「我說了……就能救他嗎？」

我這麼問完，大哥不發一語。

「我從未親口告訴過別人我愛他……大哥。」

我低下頭，又失敗了。是啊，我又做傻事了。

就這樣，漫漫長夜過去了。現在我都還清楚記得那個晚上。一切都歷歷在目，一切都沒有感覺。極度的歷歷在目與極度的沒感覺互相交錯。然後，終於，那個清晨到了。我撐到後來還是睡了一會兒。醒來一看天空，是陰天，刮著冷颼颼的風。這種情況下竟然睡著，太可恥了。想到他馬上就要死了，而我還會活下去，心頭就很焦慮。我跑出去，上了車。後來回想，那時的我簡直像在顯神通的巫女，不知疲倦，不會飢餓。一切都很不真實，所有時間和空間彷彿都飄忽不定，就像在法國有一次吸大麻的感覺。若要比較跟那時有何不同，就是那時是麻藥的力量，現在則是痛苦的力量。人類到達極點時，感受是相同的，都是麻木、無感覺。

姑姑已經到達看守所了。她的身體似乎縮成了黑色的一團。執行是從十點開始。我看時間是九點五十分。姑姑已經提著用包巾包成的一個包袱，那是他的東西。人還沒死，但我們已經拿到了他的遺物。姑姑手拿聖珠，雙手合十，閉著眼睛。我接過姑姑手裡的包袱，他活了二十九個年頭，這簡單的一包東西就是他擁有的全部物品。我看了包袱裡面的東西。有聖經、內衣、襪子、毯子、幾本書……還有一本藍色筆記本。我看到這筆記本封面有他用粗簽字筆寫的字：藍色筆記，鄭允秀。我把本子緊緊抱在懷裡，像是把它當成了他。

牧師、神父和僧侶進了現場，家人和教會姊妹守在牆外。這時有人暈了過去，被背走了。一位穿灰色尼姑袍的女子走近姑姑，握住她的手，說：

「修女，請打起精神！」

姑姑無力地點了頭。

「進看守所時沒人性的人，現在成了天使……卻要將他殺死……修女，我們別再做了，他們成了天使就要走……我快活不下去了。」

這名女子哭著說道。莫尼卡修女拍了拍她的背，她抱著姑姑哭了起來。我向角落的地方移動了幾步。曾在看守所見過幾次面的一位大嬸走近我，說：

「你沒事吧？你看起來嘴唇很蒼白。」

我說：

「我沒事。」

大嬸又說：

「別傷心，那些人今天就要上天堂了。」

要是我有力氣，早就頂嘴說：「你想親自陪他們去嗎？」但我連開口的力氣都沒有。為了避開她，我又向旁邊移了幾步。那大嬸雙手合十，然後高舉向天空，嘴裡喃喃自語了幾句後，她用開朗的表情再次走近我。我感覺，如果沒她，我的心情會好一些。

「沒關係，請別哭，那些人今天就要上天堂了。從此不再受苦。你是哪個死囚的姊姊嗎？我好像見過您幾次。」

「……不是，我不是死囚的姊姊！」

我很快否認，為了避開她，我又向旁邊移了幾步。這時，我看到遠離人群的地方有個穿制服的人不停在那裡踱步，是李主任。我和他四目相視的瞬間，他低下頭，避開了我的目光。他的眼睛十分紅腫。突然間，我想起剛才說「我不是死囚的姊姊！」我站在看守所牆下哭了，就像三次不認耶穌的彼得那樣哭著。時間是十點整。

主耶和華說：
惡人死亡，豈是我喜悅的麼？
不是喜悅他回頭離開所行的道存活麼？

——舊約《以西結書》

藍色筆記18

在寫這段文字之前，我寫了信，給在原州監獄服刑的那位共犯前輩。信裡寫著：我要寬恕。你做的事說成我做的，你買通律師，把我弄成主犯的事，我要寬恕你。沒有認真調查就把我扣上強姦殺人罪污名的警察，我也要寬恕。進行三次審判的八個月期間只找過我兩次的那名法庭指定律師，我也要寬恕他。總是把我當蟲，一次也不把我當人看的檢察官，我也要寬恕他。儘管對我的殺人行為憤怒卻仍假裝自己像神一樣客觀冷靜的法官，我也要寬恕他。這是給前輩信裡的內容。

此外，我也要寬恕如同可憐禽獸般結束生命的父親……還有，我在慈悲為懷的主面前，我要寬恕自己。打了恩秀，在他人生最後一刻還不願唱國歌給他聽的我，對生病的他破口大罵還跑出去，丟下他不管的我，我要寬恕我自己。捲入無辜三人被殺事件的我，我要寬恕我自己……寬恕了之後，我才能在因我而死的兩個女人和一個可憐少女的面前跪下，才能親吻大地，大喊：「我不是人，我是殺人者！」

我之所以要寬恕，是因為進入看守所後，我第一次受到了人應有的對待，第一次知道了人是什麼，第一次知道了愛是什麼，第一次知道了人與人之間如何彼此尊重，如何使用敬語交談，如何心跳加速地愛……如果不是以殺人犯的身分進到這裡，就算我肉體的生命或許可以延續下去，但靈魂將一直在滿是蛆蟲蠕動的臭水溝裡遊蕩，而且甚至不知道那是蛆蟲，不知道那是臭水溝……來這裡之後，我第一次擁有了幸福的時光。我知道了什麼是等待，什麼是悸動地準備見面，什麼是人與人之間真心的談話，什麼是為人祈禱，什麼是彼此坦誠地見面。

只有接受過愛的人才會愛，只有接受過寬恕的人才會寬恕……這我也了解到了。

可能要到我死後，筆記本才會被發現。如果曾是死囚的總統遵守約定，不執行死刑，那我就得親口把這些真心話用嘴巴說出來了。但萬一我死了，讀到這筆記本的人，請把它轉交給文莫尼卡修女的姪女文維貞小姐。在我們互相談真心話的時候，好幾次想坦承地說出來，但始終無法啟齒。因為我怕她會因為這樣而對我失望。失望之後就會如所有人那樣離開我……如果她拒絕這筆記本，請替我轉達一句話：會面的時間裡，我們喝著即溶咖啡、分享著麵包，因為有每星期共同度過的這幾個小時，我什麼侮辱都可以忍受，什麼痛苦都可以承受，可以原諒仇人，而且真誠向神懺悔我的罪過，我真的很快樂。因為有你，我擁有了真正寶貴、溫馨的……幸福時光。如果你允許，我想要說……我希望能盡我的性命來撫慰你受傷的靈魂。如果神允許，我希望能在有生之年親口說出我這輩子從未說過的話……我愛你。

18

廣灘里墓地很冷。葬禮彌撒時我沒有參加，只是站在後面。我這輩子曾經懇切祈禱過兩次，兩次都是求救，神至少應該要聽從我其中一次祈禱吧，但是祂一次也沒有聽。那個死在允秀手裡的女人一定也祈禱過，卻遭遇那樣的事，那樣地死掉。死後再做彌撒有什麼用？那不就是生者舉行的自我安慰儀式嗎？允秀說過：「維貞姊，相信我，您也信耶穌一次吧。」對他的祈禱一次也不聽的神，這樣的神，我能信嗎？我望著允秀要埋葬的地方，廣灘里天主教公墓。是一位思想開明的神父竭力爭取才規劃出來的，這裡是埋葬死囚的地方。這裡不是溫暖的向陽坡，而是陰冷的北向坡，連太陽也迴避的地方……允秀一輩子住在寒冷的地方，現在死了還是被埋在那麼冷的地方。允秀要被葬的位置附近有聖母像和天使像。我對姑姑說：「姑姑，為什麼埋葬窮人的地方，聖母像和天使像都那麼髒？該經常擦洗才對啊……聖母像髒兮兮的，天使像也髒兮兮的，我看了就生氣……」但是姑姑只是一直哭。

與允秀度過最後時刻的金神父，因為頭髮掉光，戴了一頂黑色帽子。死刑執行結束後，他來找我們，他是已經在鬼門關前走過一遭的人，但對死亡的恐懼與敬畏似乎還未能完全消化，在姑姑喊他時，他抬頭，但目光似乎無法聚焦地看著姑姑，那是我有生以來見過最痛苦的男人面孔。

「他好好地走了……」

神父為了等候在此的我們，費力地開口說話。

「我進去的時候，全身在發抖，他說：『神父，您這樣發抖會被莫尼卡修女批評不像個男子漢的。』」

莫尼卡姑姑身體晃了一下，我趕緊扶住她。

「祈禱之後，給了聖餐，我問他有什麼話要說，他說……『首先，最後一次請求因我而死的人能真正寬恕，也祈求他們的家人能真正寬恕。我做錯了。三陽洞老太太，真的對不起。感謝您，因為您的勇氣，我才能真正重生。還有……我原諒媽媽，不，這不是原諒，其實是想念，我很思念她，想在死前一定要見她一面……是真的，請轉告她。』」

長期來看守所服務的幾位姊妹哭聲愈來愈大。

「然後，他像自言自語地說：『神父，很簡單的，只要愛就可以了，我卻……到現在才知道怎麼做，已經為時已晚。』我問他要不要和其他宗教的人一樣唱首歌？有知道的聖歌嗎？他說：『我剛受洗沒多久，還不會唱聖歌，我想唱國歌……』」

我實在聽不下去了。姑姑緊緊握著我的手。

「所以他就唱了國歌。」

金神父快說不下去了，緊閉著嘴巴在哽咽。

「然後監獄官們要他跪下，允秀……」

我們全都看著金神父。

「他開始掙扎，他最後的目光充滿恐懼。行刑官很快把頭套套在他頭上。允秀喊：『神父，救救我，我很害怕，都已經唱國歌了還是害怕……』我不敢再看那孩子……」

金神父像是被套上絞索似的，很驚恐地說道。

我們走進地下室。在行刑前已經在那裡等候的救護車，在執行死刑後立刻帶走了允秀的眼睛，他的眼窩已經空了。允秀死後像弟弟一樣失明了，不對，應該說，是用那角膜讓和恩秀一樣看不見東西的孩子重見光明。姑姑跑過去抱住允秀尚未僵硬的遺體，然後摸他的脖子，他脖子有一道黑色的勒痕，像汽車側滑在柏油路上留下的痕跡。姑姑像撫摸活人傷口似的摸著脖子，接著摸了摸他的臉頰，小聲祈禱。我在旁邊握住了他的手。在他死後，手腕上的手銬終於拿掉了。他的手像蠟做的，很涼。我記得他把十字架項鍊遞給我時，他的手在我的手上停了一下，當時他的手是溫暖的……為何那時我沒能笑著握住他的手……為什麼沒能說出我愛你……就像允秀說的：「很簡單的，只要愛就可以了。」……現在那溫度消失了，如果說溫度消失就是死亡，人的靈魂失去溫度的瞬間也是死亡啊。我和他的都曾在瞬間失去溫度過，但我們連這一點也不明白，一直口口聲聲說想死，其實我們已經歷過死亡了。

姑姑和我在彌撒結束後趕去江陵。姑姑在我開車時睡著了。我兩天沒吃也沒睡，卻絲毫不覺得疲倦。在路上，我突然有種異樣的感覺，似乎背後一陣溫暖，我回頭看，後座空無一人。但很明顯有不同的感覺。他從未搭過我的車，甚至沒見過。允秀？我輕輕呼喚。沒有回答。

我們到達了海邊。因為明天是元旦，旅館人很多。稍早，我與太白小學的校長聯絡過，他帶著學校的八個學生已經先抵達了。孩子們第一次看到海，個個都高興得蹦蹦跳跳。這時才發現，向三嫂借的相機忘了帶來。接著我想起，已經沒必要帶相機來了。允秀曾說過：「我也想看海。」此刻的他應該在望著大海吧。這是很難說的事。天色陰暗，大海的顏色顯得有些憂鬱，但是，明天天氣如何誰曉得呢？說不定和今天不一樣。

很瘦小的一個男子走了過來。他自我介紹道：「兩位好，我是太白小學的校長。」又說：「感謝你們安排這樣的旅遊，謝謝。」之後像難以啟齒地搔了搔他的頭。

「今天首爾看守所的監獄官打電話來，說有個叫鄭允秀的人寄給學校一筆錢，那個監獄官說他昨天被處決了。但之前曾囑咐，如果自己突然被處決，就請監獄官把剩下的保管金全部寄給學校。這筆錢很珍貴，我不能隨便用……所以想請教修女的意見。」

校長從外套的內口袋拿出存摺，遞給我們看，金額不大。校長又說：

「我們現在操場的看台正要加蓋頂棚……操場離教室有段距離，如果看台加蓋頂棚，孩子們在操場上玩可以躲雨，夏天可以有陰涼地方讀書。如果把錢用在這裡，您覺得如何呢？」

姑姑輕聲地說：「哦，上帝啊！」因為想到昨天姑姑和我徹夜讀了他的筆記，恩秀小時候會在允秀上學時，站在學校外邊等允秀放學，有一次下雨，恩秀像失去媽媽的小燕子一樣，哭著淋雨。姑姑在胸前畫了個十字。

「對不起，如果不行的話，該怎麼用呢？」

校長看我們兩人的表情，為難地問道。大概是看我們哭喪著臉，以為我們不滿意。

「不，請一定要用在那裡，校長先生，不要用在其他地方，請一定要用在那裡。雨天不會讓孩子淋雨，夏天不會一直曬到太陽，請加蓋頂棚，讓那些等哥哥的弟弟不會淋雨……讓哥哥上課安心、不心痛……」

莫尼卡姑姑沒能把話講完，又哭了起來。

姑姑這幾天沒好好吃飯睡覺，身體虛弱了很多，我陪她走回旅館休息。快天黑了，姑姑說：

「明天凌晨要和孩子們一起早起，早點睡吧。」

我問：

「明天看得到太陽升起嗎？」

姑姑說：

「會升起來的。」

我說：

「姑姑，孩子們很開心。」

姑姑說：

「是啊，孩子們很開心。」

進旅館大門之前，我似乎聽到背後傳來什麼聲音，轉身一看，是允秀和恩秀唱的那首歌開頭的那片大海——東海。「直到東海水乾涸，白頭山磨平……」這首歌的開頭就是唱到東海。剛剛聽到的是波浪聲，但波浪聲之中隱約好像有什麼地方傳來的聲音，像年幼的兩兄弟坐在陰暗小巷裡的垃圾桶旁唱歌。「哥，我們國家很好，對不對？每次我一唱這首歌，就覺得我們會成為優秀的人……」失明的恩秀耳語的聲音好像隨著波浪聲輕輕傳到了我耳邊。在孩子們嬉戲的沙灘邊，大海波濤盪漾，彷彿大地像噙著淚水般淚盈盈。

我只想說這個：
至今我深信不疑的是，
我們必須時時刻刻依靠困難；
因為有困難，才造就我們。

——里爾克（Rainer Maria Rilke）《致青年詩人的信》

藍色筆記19

附記：也請轉告文莫尼卡修女、金神父，感謝他們，對不起，還有……我愛他們。他們就像某位詩人所吟唱的，是以淚水烘烤愛之糕餅的人，是懂得將糕餅翻面的人，是與我們分享溫暖糕餅的人。

最後，他們是讓我明白自己一生全是恩寵的人。

19

病房裡已經來了幾個人。其中一位是金神父，他看到我，跟我打了招呼。這段期間，他體重恢復正常了，頭髮重新長了出來。我對他說：「神父，您發福了。」他摸了摸鼓起的肚子，笑著說：「是啊，長了不少肉。」活著就是這樣，總是在變化，可能變更好，也可能變更差。允秀離開後，七年間我又見過了很多個允秀。無論是乘坐黑色豪華轎車的法官，或是為非作歹的殺人者，由更高的審判官立場看來，那些人一樣可憐，一樣背負著生命的債務。沒有任何人是人性本善的，也沒有任何人是心性本惡的，所以我們每天就得過得很辛苦。但只有一樣是人人都相同，就是誰都必須與死爭鬥。這是人類共有的，長久以來一直脫離不了的悲哀。

莫尼卡姑姑現在沒有戴黑色頭紗，而是戴著一頂白帽，像西方電影裡那種有蕾絲花邊的小圓睡帽。或許是因為帽子的關係，她看起來很小，像躺在搖籃裡的孩子。如果不是她的臉那麼老，大概真的會讓人產生錯覺，以為圍在床邊的人們是來祝賀孩子降生的。躺在病床的姑姑好像剛跟金神父說話說到一半的樣子，她用目光示意我坐下。對金神父說：

「剛才說到那孩子要聖經……還說要見金神父您，是嗎？您見過他之後，覺得如何？」

我看著姑姑，腦海裡卻出現了一個畫面：那年下了大雪，聽到姑姑跌倒受傷，我趕過去接她的時候，看到她頭上圍著一條有小碎花圖案的粉紅色手巾，姑姑那副模樣令我忍不住說：「姑姑，真服了你了。」此時我心裡也有同樣的感覺。

姑姑和金神父談論的似乎是剛被判了死刑的那個當代殺人魔。

「嗯，他說得不多……他在小時候接觸過基督教，還有，他會特意把受害人放在看得見教會十字架的窗口，再殺死他們。另外……他說他坦承自己是個不折不扣的大壞蛋，他怕自己動搖，怕自己變善良。但我見了他，覺得他還是很有人性。」

金神父說完，露出苦笑。姑姑似乎無精打采，她閉了一下眼睛。

說到那個殺人魔，在二〇〇四年的大韓民國，是個無人不知無人不曉的人物。一九九七年十二月當選的總統，遵守約定在執政期間不執行死刑，現在因為那殺人魔，輿論要求恢復執行死刑的呼聲愈來愈高漲。人民對死囚的態度也變得冷酷了。允秀離開後我常去會面的死囚，看了關於殺人魔的報導，也不由得苦笑，說那種壞蛋應該要處死。

我進病房時，姑姑和金神父在談的就是那殺人魔的事。

「無論是誰，即使是無惡不作的人，即使是惡魔的化身，我們都沒有權力放棄他，因為誰都不是完全善良的，誰都不是潔白的。我們每個人的差別只在有的比較善良，有的比較惡狠。活在世間，有的是在贖罪，有的是在犯罪，不管何者，都應該給予機會讓他活下去。我們沒有權力剝奪。金神父，您這次要做的事很困難，我怕我是幫不了忙，可能這就要走了……」

姑姑的語氣平淡。金神父在聽到姑姑說「可能這就要走了」時，似乎想開口說一些老套的安慰話，但還是沒說。姑姑看著我，那目光還是和以前一樣，不時閃現一絲頑皮的神色，但可能因為力氣不夠，她沒辦法再說玩笑話了。等金神父他們都離開後，我坐在姑姑床邊。

「是盧博士打電話給你的嗎？」

我點了點頭。然後像很久以前那個秋天姑姑對我做過的那樣，坐在她身旁，輕輕摸她的臉。她似乎也想起了那年秋天，會意地笑了。

「好了，你說說看，那時沒死還活到現在，有什麼感想？」

「……我想，應該還要再活下去。」

我回答，淚水在眼眶裡打轉。姑姑看起來像真的快要燃盡的燭芯。我想起思考已久的問題：「如果姑姑死了，我該怎麼辦？」現在我明白了，真到了那一天，儘管我會痛不欲生，還是要再活下去。經常喊「快死了，快死了，痛不欲生啊」這種話，是生活，就像說「熱死了，餓死了」是生活，想死也是生活。而且想死是活著的人才能夠做的事，因此是生活的一部分。現在的我不再說想死了，而是換成說想活，想好好活下去。

「你媽媽最近怎麼樣？」

「很健康啊。」

我們不約而同地笑了。

「找到了允秀的……媽媽。」

我一聽到允秀的名字，似乎被什麼勒住了脖子，說不出話來。

「聽說就在附近。是我一個修女朋友在京畿道東豆川照顧孤苦老人，說就在那裡。也不知道她什麼時候去到那裡的，說得了老年失智症……那位修女是看了她的紀錄後跟我聯絡的。」

我默默無語地緊握著姑姑的手。然後，姑姑用顫抖的手拿起枕頭旁的十字架，遞給我，那是允秀死前做給姑姑的飯粒十字架。

「把這個拿去交給他媽媽。聽說她只要天氣不冷就整天一直坐在門前，一動也不動，像在等誰……修女問她在等誰，她說在等兒子。問她兒子名字，她說叫文秀……」

文秀，我想念出聲，卻哽咽了。這是恩秀和允秀中間的發音。我接過十字架。姑姑似乎很累，她又閉上了眼睛。

「你願意為我祈禱讓我快點走嗎？其實有些痛……不，是很痛，注射了麻藥還是很痛……」

我「嗯」地答了一聲。

「真奇怪，剛剛你來之前，我做了個夢，夢見房間來了很多我送走的那些孩子。允秀也來了……都穿著白衣服，笑得很開心，但是脖子上都有黑色的勒痕。或許那勒痕在死後也不會消失……雖然是在做夢，但我的心好痛啊。」

我再也忍不住，哭出了聲音。

「不要哭，我們美麗的維貞。你戰勝自己的時候，你第一次跟我去看守所的時候，努力想了解允秀的時候，你為了救允秀而跑去找媽媽的時候……你是那麼美啊。其實在那之前，我都揪著心悄悄看著你……你是熱血的人，熱血的人更容易痛苦，但你不可以為此覺得羞赧。」

我雙手捧著姑姑的臉，她的臉很小，滿是皺紋。我想對她說抱歉，想對她說我很怕不知如何活下去。我也和允秀一樣，太晚才知道這一點……在非說不可的時候總是說不出口的那句話，我生平第一次想說出來。

「……對不起，姑姑。真的很對不起……讓您心痛了，對不起！」

姑姑微笑著撫摸我的手。

「好，我們維貞長大了，姑姑心裡好高興啊。」

莫尼卡姑姑是笑著的，但可能因為太痛了，所以整張臉都皺在一起。

「你要祈禱。即使不是為死囚，即使不是為犯人，也要為那些認為自己無罪的人、認為自己正確的人、認為自己什麼都知道、認為自己很好的人……時時刻刻為那些人祈禱吧。」

我一邊擦姑姑額頭冒出的汗，一邊點了點頭。神一次也不曾聽從我的祈禱，今天好像也是。但是允秀叫我要相信，姑姑叫我要祈禱……好吧，我就相信吧。想開口說「好」，但是卻無法開口。我怕一開口，我可能會崩潰，那會使姑姑心痛，所以我要忍住。「愛是為了某人而欣然忍耐，愛有時甚至可以改變自己的勇氣。」這是透過允秀了解到的。

姑姑微笑地抓住我的手。她的手像是一輩子掃院子的掃帚一樣，非常粗糙。然後她又笑了，閉上眼睛，似乎睡著了。我怕她會冷，把被子拉高一點。這麼一來，露出了她小巧的腳。那雙穿著白色棉襪的腳小得像孩子的腳。就是那雙腳，姑姑去了很多地方，在她年近八十的人生中，走過我們用「不知道」三字就簡單迴避的陰暗小巷與偏僻樹林、恐怖的谷地與不講真理的沙漠、滔滔無情的江河……姑姑一定體會到，雖然一開始是名稱各不相同的小溪流，但流啊流的，最後到達的是同一個地方，就是大海……在到達終點之前，誰也沒有權力阻止。我幫姑姑蓋好被子，在她痛苦的額頭上親了一下。我想起允秀死前一天，我從三嫂手裡接過相機時湧起的渴望，那種想生孩子的欲望。可是姑姑放棄了那欲望，成了所有失去媽媽的可憐人的媽媽。我低聲說：「好好休息吧，我愛您，媽媽……」

Hit

暢／小說

036

我們的幸福時光

●原著書名：우리들의 행복한 시간●作者：孔枝泳●譯者：邱敏瑤●特約編輯：曾淑芳●封面設計：莊謹銘●責任編輯：巫維珍●副總編輯：陳瀅如●編輯總監：劉麗真●總經理：陳逸瑛●發行人：凃玉雲●出版社：麥田出版／10483台北市中山區民生東路二段141號5樓／電話：(02)25007696／傳真：(02)25001966●發行：英屬蓋曼群島商家庭傳媒股份有限公司城邦分公司／10483台北市中山區民生東路二段141號11樓／書虫客戶服務專線：(02)25007718；25007719／24小時傳真服務：(02)25001990；25001991／讀者服務信箱E-mail：service@readingclub.com.tw／劃撥帳號：19863813／戶名：書虫股份有限公司●香港發行所：城邦（香港）出版集團有限公司／香港灣仔駱克道東超商業中心1樓／電話：(852)25086231／傳真：(852)25789337／E-mail：hkcite@biznetvigator.com●馬新發行所：城邦（馬新）出版集團【Cite (M) Sdn Bhd】／41, Jalan Radin Anum, Bandar Baru Sri Petaling, 57000 Kuala Lumpur, Malaysia.／電話：(603)90578822／傳真：(603)90576622／E-mail：cite@cite.com.my●麥田部落格：http://ryefield.pixnet.net●印刷：前進彩藝有限公司●2013年1月初版●定價NT$299

國家圖書館出版品預行編目資料

我們的幸福時光／孔枝泳著；邱敏瑤譯.
-- 初版. -- 臺北市：麥田出版：家庭傳媒城邦分公司發行, 2013.01
面； 公分. --（暢小說；RQ7036）
ISBN 978-986-173-846-8（平裝）

862.57　　101022831